3
Kametsu Tomohashi
友橋かめつ
Illustration
へいろー
その門番、最強につき
～追放された防御力9999の戦士、王都の門番として無双する～

「さあ、続きを始めようじゃないか」
ソドム Sodom
ソーサラー王国国王

「皆さんは下がっていてください。
私が倒します」
セイラ Seira
第五分隊隊員 短剣使い

Alma
アルマ

その門番、最強につき3

～追放された防御力9999の戦士、王都の門番として無双する～

友橋かめつ Kametsu Tomohashi
へいろー Illustration

CONTENTS

第一話　衛兵の日常

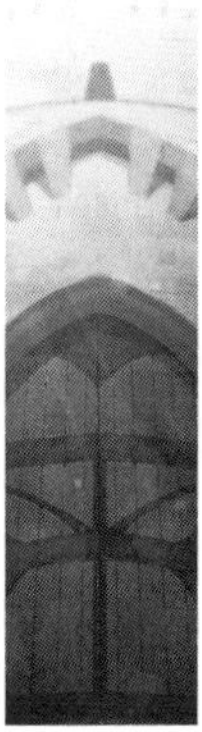

冒険者パーティ【紅蓮《ぐれん》の牙】を追放されてしまった俺は、ギルドの受付嬢の紹介で王都アスタロトの衛兵団に就職した。

窃盗団と内通していた元上司のラムダを摘発した功績を認められ、問題児ばかりが揃う第五分隊の分隊長に任命された。

闇堕ちしたかつての仲間――ナハトとの対峙《たいじ》に、光の巫女の護衛、騎士団長グレゴールが魔族と通じて起こした謀反の鎮圧。

魔王の封印された光のオーブを狙い、日夜王都アスタロトには危機が訪れる。

――今もまさに衛兵としての任務の最中だった。

王都アスタロトの中心部を外れた路地裏――お天道様も見落とすような人気のないその場所を俺たち第五分隊の面々は駆けていた。

ぎりぎり見失わない程度の遠距離に、標的の姿を捉える。

「絶対に逃がすな！　ここで仕留めるぞ！」

「おっしゃ！」「はいっ！」「心得た」

俺が号令をかけると、第五分隊の仲間たちはそれぞれ散会する。路地に追い込み、包囲してしまおうという魂胆だった。

散々手を焼かされてきたんだ。もう逃がしたりはしない。

俺が標的を見失わないよう追っていると、路地の先に人影が浮かび上がった。

にやりと邪悪な笑みをたたえて待ち構えていたのはスピノザだった。

「スピノザ！　そっちに行ったぞ！」

「おうよ！　あたしに任せときな！」

両手の指を触手のようにうごめかしていたスピノザは威勢よく応えると、

「ここでてめえの逃亡劇は終わりだ！　観念しやがれえええええええ！」

突っ込んできた標的に飛びかかる。

だが、標的は寸前のところで素早く切り返すと、スピノザの両腕をするりと躱《かわ》し、彼女の横を軽やかに抜いていった。

「くっ……!?　この野郎——なんてすばしっこさだ！」

「今ならまだ追いつける！　追うんだ！」

「分かってら！　あたしの目が黒いうちは逃がしゃしねえ——うっ……!?」

「スピノザ！　どうした！」

スピノザはいきなり立ち止まると、目を見開き、喉元を痙攣させた。

次の瞬間——。

「おろろろろ……！」

派手に嘔吐し始めた。

「なんだ⁉　何が起こった⁉」

「わ、分からねえ……頭の中がぐわんぐわん揺れて、身動きが取れねえ。まさか敵に魔法でも掛けられたのか……⁉」

「単なる二日酔いだろう。今日も朝まで飲んでいたようだし。君のあまりの酒臭さに僕の鼻は曲がってしまいそうだったよ」

　路地の左右にそびえたつ建物——その屋根の上を軽快に駆けていたファムが言った。彼女は屋根から屋根を鞠のように飛び移る。

「そもそも、ただの飼い犬に魔法なんてものは使えない」

「ま、それもそうか」

　俺たちが半日掛けて追いかけていた標的は——犬だった。

　人を食い殺す凶暴な魔犬でもなければ、国家機密を持ち出したわけでもない。街の住民が可愛がっているただの大型の飼い犬だ。

　ふとした拍子に逃げ出してしまったらしい。

　だからその捕獲任務を第五分隊が請け負った。

「スピノザお前、あたしの目が黒いうちは逃がしはしないと豪語していただろう。あの時の威勢の良さはいったいどうしたんだ」

「おうええええええ……」

「ダメだよ。もう彼女は使い物にならない」

「……そのようだな」

自縛状態に陥ってしまったスピノザを捨て置いて、犬の後を追う。

「うふふ。スピノザに任せるのがそもそもの間違いだ。僕が華麗に捕獲してみせよう。その時はたっぷり頭を撫でて欲しい」

屋根の上を飛び回れるファムは、最短距離で標的の元へ突っ切る。屋根から飛び立つと犬の進路を塞ぐように着地した。

まっすぐな一本道を走る犬の前方にファムが、後方からは俺が迫っていた。

「チェックメイトだね」

ファムは勝ち誇ったようにうふふと笑みを漏らす。両手を開けると、死神のように甘い声で犬にささやきかける。

「さあおいで。大丈夫、痛いのは一瞬だけさ。すぐに楽にしてあげよう」

犬はファムを抜けないと察知したのか、勢いよく駆動させていた足を止めた。

とびきりの上目遣いを作ると、じりじりと近づいてくるファムに対して、犬にもかかわらず猫なで声を繰り出した。

「くぅーん……」

「うっ……なんだいその目は。媚《こ》びたってムダだよ。僕は君を捕らえるのが任務だ。情状酌量の余地はない」

「くぅーん……」

「ええい！　その悲しそうな目をやめないか！　調子がくるうじゃないか！　動物相手には強く出れないんだよ僕は！」

「わんっ！」

先ほどまで媚びた態度を取っていたのが一転、ファムが怖じ気づいたのを見るや、横を抜こうと駆け出した。

「ふっ。まんまと尻尾を出したようだね犬っころ。狡猾さを覗かせた以上、僕は君に情けを掛けることはない――」

ファムの目は完全に犬の動きを捉えていた。抜かれてしまうよりも早く、彼女の両腕は犬の体躯を抱え込んだ。

「よし！　捕らえた！」

「ふふん。僕にかかればこんなものだよ――んっ⁉」

犬の体躯を抱いて少しした後、彼女は犬の拘束を解いてしまった。

「ファム、どうした⁉」

「へっくち。くちゅんっ」

小鳥のさえずりのように可愛らしいくしゃみを漏らす。

間を置かず、止めどなく何度も何度も繰り返していた。

「ふふ。僕ともあろうものが知らなかったよ。自分がまさか犬アレルギーだとはね。全身の湿疹が止まらない」

自嘲をこぼすファムの目は充血し、涙と鼻水が垂れ流しになっていた。普段のクールな振る舞いはどこにもない。風邪を引いた子供みたいだ。

まさかファムが犬アレルギー持ちだったとは……。

「知らなかったよ。悲しい時以外にも涙は出るんだね」

「その台詞の使い時はここじゃない気がするな」

もっと嬉し泣きした時とかに発する類いの台詞だと思う。涙と鼻水まみれになりながら口にするのはそぐわない気がする。

「病院に行って治療した方がいいんじゃないか」

「平気だよ。そこまで重度じゃない。時間が経てば元に戻る。だけど、残念ながら今回の任務では役に立てなさそうだ」

「なら、あとは俺たちに任せておけ」

「お言葉に甘えさせてもらうよ。——くちゅん」

ずびっと鼻水をすするファムをその場に残し、再び犬の後を追う。

それにしても随分と可愛らしいくしゃみだった。

一度スピノザのくしゃみを聞いたことがあるが『ぶえくしょい！　おらー！』と周囲を威嚇するかのような爆音で可愛げの欠片もなかった。おっさんのするそれだった。ああはなるまいと思わず自戒の念を抱いたものだ。

見失うギリギリの位置に小さくなった犬の後ろ姿を捉えていた。

あいつめ、手練手管を使って俺たちの追跡を振り切るとは利口な犬だ。というかそこまで飼い主の下に帰りたくないのか？

ちゃんと愛情を注がれているのだろうかと心配になる。

後ろから駆けてきたセイラが俺の隣を並走する。

「ジークさん、すみません。遅くなってしまって」

「セイラ、どこにいたんだ？」

「それが……先回りしようとしたのですが、道に迷ってしまいました。実は地理の把握があまり得意ではなくて……」

苦笑いするセイラは方向音痴のようだった。

「軽装備な分、セイラの方が機動力には長けている。頼りにしているぞ」

「はいっ！　任せてください！」

犬を見失わないように路地を疾走していた時だった。

――あれは。

犬の進行方向に路地裏でボール遊びをしている子供たちがいた。彼らは背後から迫ってきた犬の足音に気づくと、くるりと振り返った。

目が合った瞬間、犬は相手が格下だと判断したのだろう。

先ほどファムに見せた愛くるしい姿とは真逆に位置する野生を剥き出しにすると、子供たちをどかそうと牙を向けた。

「あ、危ないっ‼」

――いや、大丈夫だ。

そのまま子供たちを無視して過ぎ去っていけばよかったものを。

敵意を向けて襲い掛かった時点で、もう詰んでいる。

俺は他人のヘイトを自分に集めることが出来るのだから。

「――アイアンターゲット！」

スキルを発動させる。

子供に迫っていた犬の首は、見えない手に掴まれたかのように俺の方を向いた。当人の意思とは裏腹にこちらに駆けてくる。

噛みつきを右腕で受け止めると、犬の体躯を確保した。

「ようやく捕まえたぞ。大人しくしろ」

なだめようとするが、犬は唸り声をあげながら敵意の刃を収めようとしない。

このまま連行するわけにはいかないし、無力化させるのも憚られる。

さてどうしたものか――と逡巡していた時だった。

俺の傍に立っていたセイラが、犬と目線を合わせると、

「めっ！　ですよ」

言うことを聞かない子供に言い聞かせるように一喝した。

犬の身体はびくっと震えた。

その場に屈み込んで犬のつぶらな瞳と目線を合わせると、セイラは胸に手を置いて自分の想いを伝える。

「何も痛いことはしません。ただあなたを心配する飼い主さんの下に戻すだけです。さあ私たちといっしょに帰りましょう？」

両手を開けて無防備だということを示しながら歩み寄るセイラ。その姿には慈愛の後光が差しているように見えた。

暴力を伴わない言葉での対話。

あれだけ俺たちに対して敵意を剥き出しにしていたのだ。

通常であれば、まず従わない。

しかし——。

「くぅーん……」

か細い声を上げた犬は、威勢を失っていた。

はっはっと舌を出すと、素直にセイラの言葉に面従している。

「ふふっ。良い子ですね。よしよし」

セイラに頭を撫でられた犬は気持ちよさそうに目を細めていた。尻尾をふりふりと振りながら彼女の足に身を委ねている。

すっかり懐いているように見えた。

その様子を目の当たりにした俺は呆然とする。

「魔法でも使ったのか？」

「いえ、私には魔法の心得はありません」

「なら、なぜそいつは大人しくなったんだ？　さっきまで、あれほど人間に対して敵意を抱いていたというのに」

「きっと、私の想いが通じたからですよ」

「想いって。人間ならまだしも、犬相手だぞ？」

「たとえ犬であっても、気持ちは伝えられます」

　まるで夢みたいなことを語るセイラだが、彼女に懐いている犬の様子を見るに、戯れ言と一蹴することもできなかった。

　セイラの誠実さを、優しさを、犬は嗅ぎ取ったのだと言わんばかりだ。

　それは俺には間違いなく出来ない解決法だった。

「さあ、飼い主さんのところへ帰りましょう」

　セイラのポテンシャルにはまだまだ底知れないものがあるのかもしれない――と彼女が犬を手懐ける姿を眺めながら俺は思った。

　大型犬は無事、飼い主の下へと返された。

「あらぁ、セルゲイちゃん。心配したんだからぁ。もう勝手にいなくなっちゃダメよ。心配したんだからねん」

飼い主である丸々としたマダムが丸太ほどある両腕で犬を抱きしめながら、ふっくらとした頬を犬の頬にこれでもかと擦り合わせていた。

「くぅん……」

げんなりとした表情を浮かべた犬は明らかに嫌がっているように見える。

なるほど。確かに言葉がなくとも気持ちを伝えることは出来るかもしれない。ただ犬のその思いが伝わってきても、俺たちにはどうすることも出来ないが。

「……ったく、あたしたちは国の危機を救って勲章を貰ったんだぜ？　それが丸一日飼い犬探しをする羽目になるとはな」

任務からの帰り道。

スピノザが呆れ返ったように呟いた。

「まあ、君は二日酔いで嘔吐していただけだったけどね」

「それを言うなら、お前も涙と鼻水垂らしてただけじゃねえか。背丈だけじゃなくておつむの緩さまでがきんちょ並みとはな。笑わせるぜ」

「ほう、言ってくれるじゃないか。誰ががきんちょだって？」

「お？　やるか？　ちょうど二日酔いも収まって暴れたくなってきたところだ。晩飯の前に腹ごなしといこうじゃねえか」

「もう、二人とも止めてください」

今にも喧嘩を始めそうな二人をセイラが仲裁する。

「喧嘩はめっ！　ですよ？」

「……ちっ、しゃーねえなあ」

「セイラが言うんだ。ここは収めるとしよう」

　セイラの子供を叱るかのような物言いに、気概を削がれた二人は退いた。

「セイラ、助かった」

「いえいえ」

　第五分隊で常識人なのはセイラだけだ。——とは言え、身に纏《まと》っているビキニアーマーは二人に負けず劣らずぶっ飛んでいるが。

　なにせほとんど裸みたいなものなのだ。

　目のやり場に困ってしまう。

「お二人とも、仲間同士で揉めるのはダメですよ。仲良くしないと」

　セイラがスピノザとファムに言う。

「さあ、仲直りの握手をしましょう」

「「え」」

　スピノザもファムも固まった。

「いやお前、握手ってそんな……」

「必要あるとは思えないけど」

「いえいえ。区切りをつけないと、また再燃するかもしれませんから。さあさあ。お二人とも手を取り合いましょう」

　有無を言わせぬセイラの口調に、二人はとうとう観念したようだった。不承不承というふうに互いに手を握り合う。

「そして、お互いに言葉で謝意を伝えましょう」

「まあ、なんだ。ちょっと言い過ぎたかもしれねえ」

「……うん。僕も突っかかりすぎたかもしれない」

　慣れないことをしているからか、スピノザもファムも気恥ずかしそうだった。互いに目を合わせずに頬をほんのりと赤らめている。

　その様子をセイラは微笑ましそうに見守っていた。

「つーか、元はと言えばセイラが任務を引き受けちまうからだぜ」

　スピノザが言った。

「あんなもん適当な理由をつけて断っちまえばいいのによ。ホントお人好しだよな。人の頼みを断りゃしねえんだから」

　逃げ出した飼い犬の捜索を頼まれたのはセイラだった。

　今回ばかりでなく、セイラは街の住民たちからよく頼み事をされていた。それら全てを彼女は断ることなく引き受けているのだ。

「飼い犬が逃げだそうが、んなもんどーでもいいじゃねえか」

「衛兵というのは、街の人たちの暮らしを守る仕事ですから。飼い犬を探すのも人のためになる立派なお仕事ですよ?」

「ひえー。意識高すぎんだろ。給料もくっそ安いのによー」

スピノザはわざとらしく驚いて見せていた。

ファムがぼそりと言う。

「その志は素晴らしいと思うけれど、注意した方がいいよ。世の中には善意につけ込んで利用しようと企む人もいるからね」

「そうですね。でも、これは私の信条なんです。目の前に助けてあげられる方がいたなら手を差し伸べるというのは」

セイラが思いを口にしていた時だった。

「あ!　セイラお姉ちゃんだ!」

「いつもありがとうね」

セイラを見かけた街の人々がしきりに声を掛けてきた。

衛兵は街の住民たちから煙たがれる中、セイラは皆から好かれていた。彼女を悪く言う人間を俺は今まで見たことがない。

人を選ばずに助けになろうとする誠実な姿勢が、人々の支持を集めるのだろう。

まるで聖女か、さもなくば女神だな。

俺は皆に慈愛の光を注ぐセイラの姿を見て、そんなことを考えていた。

衛兵の詰め所に戻ると、ボルトンに報告するために団長室に向かう。いかに冒険者育ちで礼儀に自信がないとは言え、ノックくらいはする。

「おう入れ」

その声を聞いてから扉を開けた。

団長室には岩山のように屈強な身体を携えた衛兵団の団長ボルトンと、もう一人、ここには珍しい人物の姿があった。

「お前がここに来るのは珍しいな、エレノア」

腰の高さにまで伸びた髪に、芯の強さを感じさせる端整な顔立ち。

騎士団の白銀の鎧を身に纏ったエレノアは、俺を見ると凜とした表情をほどき、雪解けのような微笑みを浮かべた。

「あらジーク、昨日、私の夢の中で会って以来ね」

「そう言われても、俺は会っていないから知らん」

「ふふ、冷たいのね。だけど、その突き放したような態度が病みつきになるわ。上の立場になれば無下な扱いをされることもなくなるから」

「そういえば騎士団長になったらしいな。おめでとう」

騎士団長のグレゴールが謀反を起こして退任したことにより、副団長であるエレノアが代わりに団長の座を任されることになった。

長い騎士団の歴史の中でもエレノアの若さでというのは異例らしい。

「ありがとう。だけど、素直には喜べないわ。前任者が謀反を起こして、その繰り上がりで就任しただけだから。本来なら正々堂々団長の座を射止めるつもりだった。グレゴールを実力で退けることでね」

「だが、お前が周りの人間に認められてその座に就いたことには変わりない。もっと胸を張ってもいいと思うがな」

　俺がそう言うと、エレノアは口元を手で覆って固まっていた。

「どうした？　フリーズして」

「ジークが私に対して激励の言葉を掛けてくれた……!?　こ、これはもしかして遠回りなプロポーズだったりするのかしら……!?」

「しない。過大解釈が過ぎるだろ」

　今の言葉のどこが求婚の言葉に聞こえたんだ。

「一応、対外的にグレゴールは国を守るために殉職したことになってるんだ。街の連中を安心させるためにも、新団長には頑張って貰わないとな」

「ええ。だけど、心配しないで。たとえ団長になっても、ジークを想う一人の女としての気持ちは変わらない。これまで通り蜜月の関係でいましょう？」

「いや心配してないし、そもそもそんな関係になった覚えはない」

　俺たちのやりとりを傍観していたボルトンがそこで口を開いた。

「まあ、俺たちとしてはエレノアが団長になったのは喜ばしいことだ。グレゴールの時とは違って連携も取りやすいしな」

　グレゴールの代の騎士団は王族や貴族を第一に考えており、衛兵団を見下し、お互いにまるで連携が取れていなかった。

　だが、エレノアは市民も含めた王都全体のことを考えている。そんな彼女が騎士団の頭になればば少しは改革されるはずだ。

「そういえば、エレノアはなぜこの詰め所に？」

「もちろんそれは、あなたと会いたかったから――というのもあるけれど、ボルトン団長に折り入って相談があったからよ」

「相談？」

「グレゴールのバカが謀反を起こしやがった時に、騎士団の連中に魔族の血を盛って暴走させちまっただろう。あれでかなりの騎士が負傷しちまったからな。今、騎士団は未曾有の人手不足に陥ってるんだと」

　俺たちが来るまでに話していたことの概要をボルトンがかいつまんで教えてくれた。

「ただでさえ、王都には人材がいないからな。この街には冒険者ギルドがないから、冒険者の役割は騎士が果たしてるし」

「今の状態だと魔族や魔物、悪人たちに良いようにされてしまう。だから、恥を忍んで私は衛兵団に協力を仰ぎに来たの」

「俺たち衛兵はこの王都の警備だけを行ってるだろ。それを騎士団と連携して、国全体の警備に当たって欲しいとよ」

　衛兵と騎士団は管轄が違う。

　衛兵はこの王都アスタロトの警備が主な仕事だが、騎士団は王族の直轄として、国全体の警備を任されている。

　橋や関所の警備であったり、王国内にある村が魔物の被害を受けてしまった際には討伐のための遠征に赴いたりする。

「以前の戦いで大活躍したあなたたち第五分隊が加わってくれれば、国民たちの抱く不安も少しは和らぐと思うの」

　エレノアが言った。

「英雄のあなたたちに、この国の希望の光になって欲しい」

「はっ、担ぎ上げようったってそうはいかねえぜ。騎士団の仕事を請け負っても、あたしらの安い給料は上がらねえだろうが」

　いの一番にスピノザが吐き捨てる。金勘定に関しての反応の早さは本物だ。

「英雄だって、おまんま食えなきゃ生きていけねえんだよ。あと、あたしに限っては酒と賭博をする金もないとな」

「君という奴は、卑しさを隠そうともしないね」とファムが言う。「だけどその意見自体には僕も同感かな」

「でも、国の皆さんが困っているのなら、引き受けた方がいいのでは？」

「セイラは甘いんだよ。お前みたいなお人好しが、ていよく利用されて尻の毛も残らないほどむしり取られんの」

「待ってください！　私、スピノザさんと違ってお尻に毛は生えてませんよ？」

「あたしだって生えてねえよ！　たとえだっての！　何でもかんでも引き受けようとするのはよくねえってこと！　きちんとした対価が伴わねえと！」

　スピノザの言葉に応えるように、エレノアが口を開いた。

「もちろん、その点については考えているわ。王様に掛け合って、衛兵団に賞与を出して貰えるよう取り付けたから」

「しょ、賞与？」

　その四文字を聞いた途端、スピノザの耳がぴくりと反応し、態度が変わった。先ほどまでとは打って変わり、聞く耳を持ったらしい。

「ち、ちなみにそれはおいくらほどで……？」

「そうね、だいたいだけれど――」

　エレノアに耳打ちされたスピノザは「――っ!?」と目の色を変えた。

「ま、マジ？」

「ええ、マジよ」

「…………」

　スピノザはしばらくフリーズした後、こほんと咳払いをすると――。

「いやー！　騎士団の連中が困ってるなら放っておけねえよな！　しゃーねえ！　あたしたちが力を貸してやろうじゃねえか！」

「清々しいほどの変わり身だな。現金にも程があるだろ」と俺は呆れる。

「スピノザは賭博と飲み代のツケがかさんでるからね。金さえ積まれれば悪魔に魂を売ることさえ厭わないんじゃないかな」

「バカ言うな。あたしはそこまで安い女じゃねえよ」とスピノザは言った。「悪魔に魂を売るなら金貨十枚は貰わねえとな」

充分安いだろ。というか、そもそも売るなよ。

「スピノザさん！　素晴らしい心意気だと思います！」

俺とファムが呆れ返る中、セイラだけが素直に感心していた。賞与じゃなく、純粋に国の皆のために動いたと思っているのだろう。

ボルトンが俺に目を向ける。

「ジーク、お前はどう思う？　考えを聞かせてくれ」

「受けるべきでしょう。騎士団だけでは国を守り切れないというのなら」

「俺としても同意見だ。俺たち衛兵と騎士はこれまで対立していたとは言え、この国と光のオーブを守る同志だからな」

「あなたたちの協力、感謝するわ。手を取り合い、協力してこの国を守りましょう。そうすれば魔族も恐るるに足らないわ」

エレノアが差し出した手を、ボルトンが握り返す。これまでは反目しあっていた者同士が共通の目的により手を結ぶ。

この国は少しずつ良い方向に変わり始めている。

そんな気がした。

「では私はこれで」

「おう。わざわざ来てくれてありがとよ」

「ふふ。これからは仕事でジークといっしょすることもあるかと思うと、顔のニヤニヤが止まらなくなってしまうわね」

団長室を出て行くエレノアの足取りは軽やかだった。

鼻歌まで口ずさみ、スキップでも始めそうな勢いだ。

エレノアの姿が見えなくなると、ボルトンが髭を撫でながら笑う。

「新しい騎士団長様は、お前にご執心のようだな」

「はあ……」

「いっそのこと付き合っちまえばどうだ？　エレノアを籠絡することが出来れば、衛兵団の意向も通しやすくなるしな」

「俺は政治のために他人の恋愛感情を利用する気はありません」

「そう言うだろうと思ったよ。真面目なこった。だが、政治を抜きにすればどうだ？　今特定の相手はいないんだろう？」

「ええ、まあ」

「作る気はねえのかよ」

「俺は衛兵ですから。いつくたばってもおかしくありません。そうなれば相手は辛い思いをすることになるでしょう」

　死と常に背中合わせな職についた以上、人並みの幸せは望むまいと——冒険者になると決意した頃からそう決めていた。

「だが、大切な人がいるから頑張れるということもあるぞ」

「団長にはご家族が？」

「いや俺はバツイチだ。家庭を顧みなさすぎて愛想を尽かされた。今じゃ嫁も娘もどこにいるのかさえ分からん」

「説得力ねえなあ」

　とスピノザが呆れたように言う。

「そうか？　俺が今もこんなクソ溜めの団長を辞めずにいるのは、嫁と娘がどこかで元気にやってると信じてるからだ。あいつらが平穏に過ごせる世界を守ってやりたい。その気概だけで続けてるみたいなもんだよ」

「誰がクソ溜めだよ、こら」

　スピノザはそう言うと、

「所帯なんて持たねえ方が気楽でいいと思うけどな。なあジーク？　そしたら色んな女とパコりたい放題できるしょ」

「お前の尺度を俺にも当て嵌めてくるのはやめてくれ」と俺は言った。「というか、なぜ男側の意見なんだ」

「パコる？　パコるとはなんですか？」

「セイラは知らない方がいいんじゃないかな」

ファムはそう提言すると「……やはりスピノザ、君には品性が欠けている」とげんなりしながら肩を竦《すく》めていた。

それについては俺も全くの同意見だった。

第二話　騎士団との任務

「ふうん。じゃあ、これからは騎士の仕事もするのね」

夜の帳が下りた後の、王都の大通りにある大衆酒場。

熱に浮かされた賑わいの片隅で俺はハルナとイレーネと酒を呑んでいた。

彼女たちはかつて俺が所属していた紅蓮の牙というパーティの仲間だ。活動拠点だったエストールの街をナハトに壊滅させられ、この王都に逃げ延びてきた。

衛兵の仕事が終わり詰め所を出たところ、俺は二人に出くわした。これからいっしょに飲みに行くと言うのでそれに同行したのだ。

ハルナに近況を尋ねられ、酒のツマミとして情報を提供した。

「まあ、そういうことだな。王都を離れることも増えるだろう」

「ジークは昔から働きものだよねー。紅蓮の牙だった頃、どれだけ連続で任務を受けても泣き言一つ言わなかったし」

「イレーネ、あんたは泣き言しか言ってなかったわよね」

「だってしんどいじゃん。任務は危険だし、遠方だと移動が疲れるし。ジークやナハトの体力が異常なんだって」

「俺たちは前衛職だからな。体力がないとやっていけない。それで？　今度は二人の近況を聞かせてくれないか」

「あたしは相変わらず、魔法学校の講師をしてるわ」

　とハルナが答えた。

「仕事には慣れてきたか？」

「ぼちぼちね。でも、人にものを教えるってのは中々難しいわ。こんな簡単なことが何でできないのって匙《さじ》を投げたくなることも多いし。講師になって改めて、いかに自分が才能のある魔法使いだったか実感したわ」

「はーい、ハルナの自虐風自慢入りましたー」

　とイレーネが茶化す。

　俺は苦笑を浮かべる。

「口こそ悪いが、昔からハルナは面倒見が良かったからな。何だかんだ生徒たちからは好かれてるんじゃないか？」

「まあ、質問とかにはよく来るわね。あたしもつきっきりで教えてあげるし」

「うちと会った時もよく生徒の話してるもんね。どうやったらちゃんと理解できるように教えてあげられるか悩んでるし」

「そ、それはあくまで仕事だからだし」

「ツンデレじゃーん」

「う、うっさい！　というか、あんたはさっさと仕事を探しなさいよ！」

「なんだ、まだ仕事先が見つかってなかったのか。もしお前が構わないなら俺も就職先を探す手伝いをしてやろうか」

「だいじょーぶ。見つからないんじゃなく、見つけようとしてないだけだし」

「だが、王都に来てからもう結構経つだろう。生きているだけで金は掛かる。冒険者時代の蓄えに余裕があったのか？」

「ぶっちゃけそれも尽きかけてたんだけどねー。何気なくカジノで賭けてみたら、あれよあれよという間に大勝ちしちゃった」

「それで遊んで暮らせるだけの金を手に入れたと。イレーネは持ってるな」

「きっと神様がうちに言ってるんだよ。まだ働くべき時ではないって。冒険者だった頃の疲れを取るために療養しろって」

「都合のいい神様もいたもんね」

「そりゃあ基本、人間の都合のために神様はいるからねー。まあ、ちゃんとした神様も中にはいるんだろうけど」

　イレーネはヘラヘラと笑みを浮かべていた。

「ホント、呆れちゃうわ。ちゃらんぽらんなんだから」

「だが、無職でずっといられるというのも一つの才能だ」

「だよねー。うちはメンタル強いから」

「ジークはイレーネに甘すぎるのよ。寛容すぎ」

「そうじゃないと、第五分隊の隊長は務まらないからな」

「あんたの部下、どれだけ問題児揃いなのよ……」

呆れるハルナに苦笑して、俺はジョッキの酒で喉を潤わせてからふと呟いた。

「もしナハトの奴が生きていて、王都で暮らすことになったら、あいつはいったいどんな仕事に就いてたんだろうな」

「短気でわがままなあいつに、真っ当な仕事はムリでしょうね」

「となると、力を活かせる衛兵か？」

「自分が一番上じゃないと気が済まない奴だったから。ジークみたいに組織の中でちゃんと働くのは難しい気がするわ」

「ナハトには冒険者が天職だったのかもねー。でも王都には冒険者ギルドがないから、職を探すのに苦労しそう」

「実力さえあれば、協調性に欠けていても衛兵としてはやっていける。現に俺の仲間たちにはそういう奴も多い」

スピノザがやっていけているのなら、ナハトも問題ないはずだ。出会ったばかりの頃のあいつは粗暴だが良い奴だった。

俺は自分がナハトと共に衛兵として働いているところを想像してみる。

あいつが後顧《こうこ》の憂いなく戦場を暴れ回るのを、俺は盾として援護する。仕事を終えた後は笑い合いながらいっしょに酒を酌み交わす。

それはエールに浮かぶあぶくのように、すぐに弾けて消える夢物語だ。

「そういえば、前から聞きたかったんだけど」

「ん？」

「あんたは紅蓮の牙を組んでた頃、盾になってくれてたじゃない？　どうしてそのことをあたしたちに黙ってたの？」

「だよね、うちもそれは気になってた」

「ジークがあたしたちを守ってくれてるってことが分かれば、あんたはパーティから追放されることもなかったかもしれない」

「たとえ口にしていたとしても、あの時のあいつは聞く耳を持たなかっただろうさ」

ナハトは俺のことを見下していた。自分の考えが絶対だと疑っていなかった。だから俺の言葉は届かなかったに違いない。

「……まあ、その可能性は高かったでしょうけど。でも、話して欲しかったかな。あたしたちにも何か出来たかもしれないし」

ふっと浮かべたハルナの微笑みは、どこか寂しげだった。

「今思えば、あの時のナハトは洗脳されたみたいだったわね」

「洗脳？　魔族にか？」

「ううん。誰か特定の相手にってわけじゃなくて。周りの空気みたいなものに。紅蓮の牙は火力が凄いパーティだって言われてたでしょ。その評判が立つようになってから、よりナハトは攻撃力を重視するようになった」

「そうだったな」

「紅蓮の牙の名が上がっていくにつれて、周りに期待されるようになった。ナハトはそれに応えるように身の丈以上の高難易度任務に挑むようになったでしょ。普通の任務を受注するのなんて紅蓮の牙らしくねえって」

「あー、口癖みたいに言ってたね」

「でもそのらしさって、周りの連中が口にしてたことなのよね。ナハトはそれに自分の形を合わせにいってた。本人は気づいてなかったみたいだけど。周囲の評判、お金と地位を失わないために必死に振る舞ってた」

　ナハトが横暴になったのは、紅蓮の牙が有名になってからだ。

攻撃力が凄いパーティだという評判になり、ナハト自身も火力を偏重するように。盾役を務めていた俺を見下すようになった。

「それってある意味、洗脳されたみたいなものじゃない。周りの空気とか、地位やお金を重んじるこの世界のシステムに。もちろん、暴走したあいつが一番悪いのは間違いないんだけど。ナハトの洗脳を解くためにあたしたちは何か出来たのかもしれないなって、最近そんなことをふと考えるのよね」

　ハルナはそこで心情を語りすぎたと感じたのか、はっとしたように我に返ると、沈んだ空気を払うために笑みを浮かべた。

「なんて、今さら言っても遅いんだけどね。ごめん、忘れて。せっかくのお酒があたしのせいでマズくなっちゃう」

「確かにハルナの言う通りかもしれないな」

俺は俯くと、空になったジョッキの底に向けて呟いた。

「他人を変えることは出来ない。そう思っていたから俺はあいつに何も言わなかった。人は自分の信じたいものしか信じないからと」

だから、対話するのを諦めていた。

「パーティに加入した当初は喧嘩になることも多かったが、いつの間にかめっきり喧嘩もしなくなっていたな……」

空いたジョッキの底に過去を見ながら、俺は言った。

「もっとあいつと腹を割って話してみるべきだったのかもしれない。たとえそれで大喧嘩になってしまっても」

「………」

「ちょっとちょっと、何暗くなってんの。ナハトも言ってたっしょ。飲みの席でしけた顔をしてる奴は許さないって」

イレーネはそう言うと、

「すみませーん！　エール三つ追加でー！」

と近くにいた店員に陽気な声で頼み始めた。

呆気に取られた俺たちに向き直ると、イレーネは気の抜けた、泡のなくなったエールのような温い笑みを浮かべた。

「この場を白けさせた罰として、今日は二人のおごりってことで」

俺とハルナはお互いに顔を見合わせると、苦笑いを浮かべた。

ナハトはよく言っていた。飲み会の場でしけた顔をする奴は許さないと。あいつがこの場にいたらきっと怒っていたことだろう。

イレーネの明るさのおかげで、さっきまで俺たちの間を包んでいた暗い霧は、すっかり晴れ渡っていた。

その日、俺たち衛兵団の第五分隊は王都の外に出ていた。

騎士団と共に近くの村付近に出現したゴブリンの巣を掃討するためだ。

村人の案内を受けて村の裏手にある山中を歩いていると、うっそうと茂った森林の先に拓けた場所があり、岩闇の隙間に地下へと続く巣穴が見えてきた。

木々の幹に身を隠しながら、騎士団の分隊長——ナルトスと名乗っていた——が後ろに十人ほどの騎士を従えながら呟いた。

「ゴブリンたちは村の女子供をさらい、農作物を荒らしたりしているそうだ。村に被害が出ると王都への税収にも影響が出る。掃討するぞ」

「って言っても、ゴブリンなんざ雑魚《ざこ》も雑魚だろ。この村の領主が雇ってる兵たちで対処すればいいじゃねえか」

面倒さを隠そうともせずにスピノザが言う。

「通常個体であればな。しかしこの巣穴では変異種が確認されている。村の戦力では対処するのは難しいとのことだ」

通常個体のゴブリンであれば、戦闘訓練を受けていない人間でも倒せる。だが、変異種は桁違いの戦闘力を誇っている。

それが群れをなしているのなら脅威だ。

騎士の男は木々の幹から顔を出し、巣穴の近辺を見やる。

ここから遠く離れた巣穴の傍には、ゴブリンの姿があった。子供くらいの背丈の、醜悪な見た目をした魔物だ。

「……見張りは四匹か。よし、奴らの隙をつき、始末する。その後、巣穴に突撃して中の個体を全て掃討するぞ」

「了解した」

と俺たち第五分隊は頷いた。

「予め言っておくが、お前たちはあくまでも我々の補佐だ。出しゃばるような真似はするな。足を引っ張られたくはないからな」

「んだとぉ？」

「……やれやれ。騎士団の頭が替わって、少しは改善したと思っていたけど。そう簡単には変わらないようだね」

呆れたように肩を竦めるファムの視線は、ナルトスの背後に控えている騎士団の面々に向けられていた。いずれもナルトスと同じ目をしている。

俺たち衛兵のことを良く思っていないのは明白だった。

「あたしたちはグレゴールをぶっ飛ばして姫様に勲章を貰ってるんだぜ？　てめえらよりはずっと使い物になると思うけどな」

「その功績とやらも怪しいものだ。本当にお前たちが成した証拠はあるのか？」

「あ？　じゃあ今、この場でてめえらをぶっ飛ばして証明してやろうか？　あたしたちがどれくらい強いのかをなあ」

「皆さん喧嘩は止めてください！　争う相手を間違えていますよ！　今はゴブリンを倒すことに集中しないと！」

セイラが制止に入ったことで、どうにかその場は収まった。

だが、雰囲気は最悪だ。

これでは連携を取るどころの話ではない。

巣穴の前にいる見張りの様子を窺っていたナルトスが呟いた。

「巣穴の周りは拓けているからな。これでは容易に近づけない。奴らに気づかれて、巣穴の連中に報告されると厄介だ。どうしたものか……」

「ファム、頼めるか」

「うふふ。もちろん」

　ファムは薄く微笑むと、背負っていた弓を手に取った。

「何をするつもりだ？」

「見張りのゴブリンをここから弓で射貫く」

「バカを言うな。どれだけ距離があると思っている。いかに優秀な弓手であろうが、標的を仕留めることなど不可能だ」

　ナルトスは忌ましげに俺たちを睨みつける。

「矢が届かなかったり、大外しする分には構わない。だが、中途半端に矢を外し、敵に姿を気取られたらどうする。見張りは巣穴の連中に報告に向かうだろう。警戒態勢を取られようものなら、巣を攻略する難易度は一気に跳ね上がる」

「ということらしいが」

「なるほど、それは考えたことがなかったね」

　ファムの言葉を聞くと、ナルトスは呆れたように息を吐いた。額に手をつくと、大げさに肩を竦めて見せた。

「あまりにも想像力がなさすぎるな。よくそれで今まで生き延びてこられたものだ。所詮は衛兵ということか」

「ねえ、一つ質問してもいいかい」

　ファムは弓に矢をつがえながら呟いた。

「君は普段、自分がどうして歩いているか考えたことがあるかい？」

「なんだと？」

「歩行の方法だよ」

「わざわざ考えを及ばせたことなどない。そんなのは出来て当然だからな」

「それと同じだよ」とファムは言った。「当たり前に出来ることだから、失敗するなんて考えたこともない」

弦を引き絞ると、構えた弓から矢が放たれた。

豆粒ほどの小ささに見えていた巣穴の見張りのゴブリンが倒れた。倒れた個体の頭には矢が突き刺さっている。

「――ギッ⁉」

傍にいた別の見張りは、何が起きたのか理解していない。そして理解しないまま、次に放たれた矢に額を射貫かれて絶命した。

ファムは間を空けず、続けざまにもう一匹を仕留める。

最後の個体は襲撃されたということには思い至ったようだ。踵《きびす》を返し、報告するために巣穴へ引き返そうと駆け出す。

その姿が巣穴に消えるより早く、飛来した矢が後頭部を撃ち抜いた。ゴブリンは断末魔を上げることも叶わず、地面に倒れ込むと動かなくなる。

「ま、ざっとこんなところだね」

　見張りを一掃したファムは、事もなげに言う。

「あの程度の距離、射貫くのは造作もないことさ」

「バカな……！　信じられない……！」

「騎士団随一の弓使いでも、この距離を射貫くのは不可能だ。それをいとも簡単に。あの弓使いの女、ただ者じゃないぞ……！」

　ファムの弓の腕前に、騎士団の連中はおののいていた。

「ファム、よくやった」

「僕にとっては、ただ歩行しているのを褒められているのに等しいけれど。君の褒め言葉はありがたく受け取っておくよ」

「素直じゃねえ奴」とスピノザが言う。

「出来れば頭も撫でて欲しいかな」

「それは任務が終わってからだな」

「やれやれ。君は飴と鞭《むち》の使い分けが絶妙だね」

「ファムさんはクールに見えて、意外と甘えん坊さんですよね。私でよければ頭を撫でてさしあげましょうか？　よしよししてあげますよ？」

「それは気持ちだけ受け取っておくよ」

「やんわり断られてしまいました！」

　俺はナルトスたちに向き直ると言った。

「見張りも片付いたことだ。巣穴の掃討に移ろう」

「ぐっ……」

衛兵の俺たちが主導しているのが気に食わないのだろう。ナルトスを始めとした騎士団の連中は苦々しい顔をしていた。


木々の間から森の拓けた場所に出ると、巣穴へとやってくる。

岩山の隙間から地下へと続いている巣穴、その奥には濃い暗闇が溜まっていた。底の方からは陰鬱な瘴気《しょうき》が立ち上っている。

「巣穴があり群れを成しているなら、指導者のゴブリンロードがいるはずだ。奴を倒せば群れを瓦解させることが出来る」とナルトスが言う。

「では、ゴブリンロードを優先して倒せばいいわけだ」

「ああ。それとここからは隊列を組んで進軍する」

ナルトスが巣穴に突入する前にそう口にした。

「お前たち衛兵が先頭を務めろ」

「囮ってわけか？　冗談じゃねえぞ」

「いや、構わない。俺たちが先頭に立とう」

「おい、ジーク、いいのかよ？」

「俺の役割はパーティの盾だ。後方に盾があっても機能しないだろう。全員を守るためには先頭の方が都合いい」

「大した心がけじゃないか。だが油断するな。ここは敵の根城だ。地理的条件ではこちらが圧倒的不利なのだからな」

「その点についても問題はない。敵の攻撃は全て俺が引き受ける。お前たちはゴブリンを殲滅《せんめつ》することに専念してくれ」

「はいそうですかとは頷けない。任せるのは信頼関係あってのものだ。俺はまだお前たちの腕を信頼しているわけではない」

「共に戦闘に赴くにあたっては信頼が不可欠だと思うが。まあいいさ。それは戦ううちに得ることにしよう」

　俺がそう告げると、ナルトスは嘲るようにふんと鼻を鳴らした。それに呼応するように隣にいたスピノザはけっと吐き捨てる。

「別にあいつらを守ってやる必要なんざねえだろ。ゴブリンのエサにしちまえよ」

「人手が足りていないから、俺たち衛兵が駆り出されているんだ。これ以上人手を減らすような真似をしてどうする」

　いけ好かなくとも、騎士団の連中は王都を守るという志を同じくする仲間だ。俺の目の前で息絶えさせるわけにはいかない。

　ゴブリンの巣穴に足を踏み入れると、地下へと降りていく。

　昏い湿り気を帯びた通路は舗装されており、左右の壁には蝋燭の明かりがある。薄暗いが一応視界は確保できている状態。

ゴブリンたちの気配はするが、姿は一切現さない。

しばらく通路を進むと、広場のような場所に出た。濃密な闇が底に溜まっている。その時前方にいくつもの影が浮かび上がった。

蝋燭の火に炙り出され、ゴブリンたちの醜悪な面が露わになる。

通常個体に加えて、大型で筋肉質な個体、魔法使いのようなローブを纏った個体、巨大な木の楯を携えた個体が確認できた。

なるほど、こいつらが変異種のようだ。

「あれはゴブリンパワーにゴブリンメイジ、ゴブリンパラディンですね。それぞれ攻撃と魔法と防御に特化した個体です」

「セイラ、詳しいな」

「衛兵として、敵である魔物の生態を勉強していたんです」

「殊勝な心がけだ」

「それよりジーク、気づいているかい？」

とファムが呟いた。

「ああ、どうやら囲まれているようだな」

背後から騎士団たちの動揺する声が届いてきた。

俺たちが広場に入ってきた通路、そこを塞ぐように別のゴブリンの部隊が現れた。前後から挟まれ退路を断たれた形になる。

「……だが奴ら、どこから現れたんだ？」

「恐らく巣穴の中に無数の細い通路があるんだろう。ここは彼らの根城だからね。指導者がいればこれくらいはお手のものさ」

「統制が利いているというのは厄介だな」

「おいどうするんだ！　背後を取られてしまったぞ！　これではお前たちが盾になることが出来ないだろう！　部隊が壊滅の危機だ！」

　ナルトスが狼狽を隠しきれずに声を荒らげる。

「くっ……！　ゴブリン風情が生意気な真似を……！」

「落ち着け。背後を取られようが問題はない。防御のことは俺に任せておけ。お前たちは奴らを攻撃することだけを考えろ」

　知性を感じさせないゴブリンの群れの中、一匹だけ異彩を放つ個体がいた。

　人間と同じほどの背丈に、装飾の施された衣服を身に纏っている。手に杖を持ったその個体の目には理性の光が宿っていた。

　恐らくは、あれがゴブリンロードだろう。

　奴は杖を掲げると、「ギィイイ！」と耳障りな鳴き声を上げた。その号令に応えるようにゴブリンたちの部隊が動き出した。

　前後から挟み撃ちにしようと一斉に迫ってくる。

いかに腕の立つ者でも、背後を取られれば一溜まりもない。ゴブリンたちに蹂躙《じゅうりん》されて挽肉になるのがオチだろう。

だったら――。

「ジークさん⁉　いったい何を⁉」

俺は勢いよく地面を蹴ると、前方の敵の群れへと駆け出した。突然の奇行を目の当たりにした背後のナルトスが動揺の声を上げる。

「お前、まさか自棄を起こしたのか⁉」

自棄を起こした？

バカを言うな。頭はこれ以上ないほどに冷静だ。

ちゃんと狙いはある。

「アイアンターゲット！」

敵の部隊の最前線に到達したところでスキルを発動。

広場に集っていたゴブリンたちのヘイトを一身に集める。

すると次の瞬間、俺たちの背後を取っていたゴブリンの部隊は、騎士団や衛兵の連中をすり抜けて俺を目がけてきた。

「なっ――⁉」

自分たちに目もくれず、俺だけを狙うゴブリンたちの不可解な行動を前に、ナルトスは信じられないという表情。

だが、これこそが俺の保有するスキル。

その場にいる敵のヘイトを全て自分の下へと集める。

それにより、後方にいた部隊は丸々前方へと移動する。これでもう、俺たちが背後からの攻撃を食らうことはなくなった。

それどころかむしろ、俺を狙う後方部隊が背を向けていることで、騎士団や第五分隊の面々が背後を取ることが出来た。

「今だ！　ゴブリンたちを仕留めろ！」

ゴブリンたちの攻撃を一身に受けながら指示する。

突撃した騎士団と第五分隊が、次々とゴブリンを倒していく。意識を俺に取られているから隙だらけだった。

だが――。

「ギィィィ！」

ゴブリンロードが奇声を上げると、俺に向いていたはずのゴブリンたちのヘイトが、他の連中に再び向けられた。

崩れていた陣形が元通りに組み直される。

奴の一声により、スキルの効果がかき消されたのだろう。

さすがはゴブリンロード。並の個体とは格が違う。

そこからは乱戦の様相を呈した。

人間とゴブリンたちが互いに争い合う。

「なんだこいつ……！　防御が堅すぎる！」

騎士の放った槍は、ゴブリンパラディンの巨大な楯によって止められる。圧倒的な防御の堅さに攻撃が通らない。

前線を守るパラディンたちのせいで進軍できないでいた。

膠着状態に陥るかと思われた、その時。

「うおらあああっ！」

スピノザが放った人の背丈ほどもある大槌——唸りを上げて放たれたそれが巨大な楯をいとも容易くぶち破った。勢いのままゴブリンパラディンの胴体を撃ち抜く。体重の乗った強烈な一撃は、敵を絶命させるに充分だった。

「な、なんて威力だ……！」

「はっはー！　挽肉にしてやんよ！」

スピノザが縦横無尽に暴れ回り、ゴブリンパラディンたちを次々と突破する。

前線の空いた隙間から他の者たちが雪崩れ込む。

しかし、すぐに次の刺客が襲いかかってくる。

通常のゴブリンに紛れて、威圧感のある一際巨体の個体。

ゴブリンパワー。

丸太ほどの両腕から振るわれる巨大な棍棒に、騎士たちはなぎ倒される。

横に振るわれた一撃は大気を歪ませ、縦に振り下ろされた一撃は地響きを起こす。圧倒的な剛力を前に騎士たちは怯む。

「皆さん！　下がっていてください！」

尻込みをする騎士たちを背に、セイラが勇敢に立ち向かう。

「グオォォォォ！」

振り下ろされた棍棒を、セイラは横に飛んで躱した。

普通の装備をつけた兵士であれば到底不可能なほどの俊敏な動きも、ビキニアーマーの身軽さがあれば可能になる。

ゴブリンパワーはセイラを仕留めようと次々と棍棒での攻撃を繰り出す。だが、セイラはその全てを機敏な動きで躱した。

やがて、疲《ひ》弊《へい》したゴブリンパワーの動きが鈍り、隙が出来たところを見計らってセイラは渾身の一撃を繰り出した。

「――やあっ！」

彼女の振るう剣には、スピノザほどの威力はない。

だがしかし、日々の血の滲むような鍛錬によって磨き抜かれたであろう剣技は、防御力の高いゴブリンパワーを仕留めるだけの鋭さを有していた。

「騎士団の皆さん！　お怪我はありませんか？」

「あ、ああ……。だが、どうしてだ？　巨大な棍棒の一撃を受けて吹き飛ばされたのに傷一つ負ってないなんて……」

「それはジークさんがダメージを肩代わりしているからです」

「ダメージを肩代わりだって？」

「ええ。それがジークさんのスキルなんです」

「まさかこの場にいる味方全員のダメージを肩代わりしているのか？　信じられない。奴はなぜ立っていられるんだ？」

「おいセイラさん！　危ない！」

　騎士の声に反応したセイラが反応して振り返る。

　魔法を得意とするゴブリンメイジたちがセイラに狙いを定めていた。囲んで攻撃すればいくら機敏であろうと意味をなさない。

　しかし――。

　敵が魔法を放つより早く、敵の頭部を矢が射貫いた。

「うふふ。君たちの詠唱より、僕が放った矢の方が早い」

　ファムは弓の弦に矢をつがえながら、不敵な笑みを浮かべる。

　ゴブリンメイジを援護しようとゴブリンたちがファムを狙おうとする――が、繰り出す攻撃をことごとく躱した。

　弓手は近距離になると打つ手がなくなるが、ファムの場合は回避に長け、短剣を用いての近接戦闘も行うことが出来る。

俺の仲間たちは、俺のスキルに頼りっぱなしの連中じゃない。

スピノザの重量感のある大槌が、セイラの繰り出す鋭い剣技が、ファムの放つ正確な矢がそれぞれ猛威を振るっていた。

一気に畳みかけ、ゴブリンの群れを殲滅していく。


戦いは今や第五分隊の独壇場と化していた。

前後を挟まれた時は完全に劣勢、全滅すら覚悟していたにもかかわらず、一人の男が戦況をひっくり返してしまった。

――あの男、ジークだ。

第五分隊の戦いぶりを前に、騎士たちは一度手放した士気を取り戻していた。ゴブリンたちを勢いで圧倒している。

ナルトスはジークの後ろ姿を忌々しげに睨み付ける。

――衛兵風情が生意気に……！

ナルトスは前々からジークのことが気に食わなかった。

敬愛する現団長のエレノアが、ジークをいたく気に入ってたからだ。彼女はジークを騎士団に加入させたがっていた。

ジークの強さを熱っぽく語ることもしばしばだった。

聞きたくなかった。

女性でありながら騎士団でも比類の強さを誇り、純粋な剣技ではグレゴールをも凌ぐと称される彼女をナルトスは敬愛していた。

俗な言い方をすると、惚れていた。

だから、惚れた女性が自分以外の男の話をするのは聞きたくなかった。気がついた時にはジークに深い憎悪を抱いていた。

今回、エレノアにゴブリンの巣穴掃討の指揮を任された時はチャンスだと思った。手柄を立てれば彼女を振り向かせることが出来る。

しかし、次の瞬間にエレノアから放たれた言葉により、ナルトスの浮かれた気分は跡形もなく吹き飛んだ。

『掃討任務にはジークたち第五分隊も参加して貰うことになったから。彼らがいれば何の心配もないわ』

思わず、その場で叫び出しそうになった。またジークかと。

騎士として毅然たる振る舞いをしなければならない——。

その一念でギリギリ耐えられた。

エレノアがジークという名前を口にする時に浮かぶ、親愛の情——それを目の当たりにするのは耐えがたい苦痛だった。

絶対に奴よりも活躍してやろうと固く心に誓った。

だがどうだ。

蓋を開けてみれば、騎士団は完全におんぶにだっこではないか。

「くっ……！　このままでは誉れ高き騎士団の名折れだ……！　何が何でも活躍して武勲を上げなければ……！」

そのために取るべき行動は一つだ。

「ゴブリンロードはこの俺が仕留める！」

敵将を討ち取れば、武勲を立てることが出来る。

ナルトスは敵の隊列の後方に控えているゴブリンロードの姿を視認する。今の陣形から考えると届かないことはない。

――行ける！

ナルトスはゴブリンロードの首を取るため、勢いよく駆け出した。

「ナルトスさん！　ダメです！」

武勲を上げることに頭が支配されて冷静さを欠き、視野が狭まっていたのだろう。全くの不意の位置からゴブリンたちが現れた。

ゴブリンパワーが巨大な棍棒を今まさに薙ごうとしている。

先ほど衛兵団のビキニアーマーの女――セイラとか言ったか――が倒した個体とは別の個体がまだ潜んでいたのだ。

「しまった――！」

勇み足から来る完全な失策だ。そう後悔するもすでに遅かった。今のこの状態からではどう考えても攻撃を躱すことは出来ない。

時間の流れがゆがみ、スローモーションになる。

夢とうつつの境目が分からなくなり、まぶたの裏に次々と光景が浮かんでいく。直感的にこれは走馬灯なのだと理解できた。

騎士団に入団した際、同期のエレノアに出会ったこと。

女だからと舐めて掛かっていたら、あっという間に打ち負かされたこと。いつしかその研ぎ澄まされた剣技と気高さに惹かれていったこと。

そして――。

エレノアがジークのことを話す時の、自分と話している時とはまるで違う、夢見る乙女のようなうっとりとした表情。

――ええい！　最後のは必要ない！　走馬灯なのだから、良い思い出だけ映せ！　後味が悪いじゃないか！

いずれにしても、これでおしまいだ。

映像が途切れ、自分はもうすぐ事切れる。

ゴブリンパワーが振り下ろした棍棒がナルトスの脳天をぶちまける――来たる痛みを前に目を瞑りそうになった時。

目の前に飛び込んできた人影が、勢いよく振り下ろされた棍棒を受けた。大気が揺れるほどの一撃を受けたその男はしかし、まるでびくともしない。その男――ジークは顔だけで振り向くと、微笑みを浮かべながら言った。

「間一髪だったな」

「な、なぜだ⁉　なぜ俺を助けた⁉」

ナルトスは思わず尋ねていた。

「俺はこれまで散々、お前のことをこき下ろしていただろう！　それを――こんな危険な目に遭ってまで助けるなんて！」

「見捨てるべきだったと？」

ナルトスの心の声を読んだかのように、ジークが言った。

「そうはいかない。約束したからな、俺はお前たちの楯になると。防御は全て引き受けるから攻撃に専念してくれと」

だから、とジークは言った。濁りのない、まっすぐな眼差しで。

「俺がいる限り、お前たちを死なせてはやらんさ。絶対に守ってやる」

騎士団の騎士たちは基本、衛兵のことを見下している。誉れ高い騎士団とは違い、衛兵団はごろつきの集まりだと。

騎士は忠義のために殉じるが、衛兵は戦況が悪くなればすぐに逃げ出す。心のどこかでそう思い込んでいた。

だが、以前の光の巫女の護衛任務に同行した騎士連中は、衛兵団――特に第五分隊たちに対する見る目が変わったようだった。

衛兵たちのことを見下さなくなった。

当時は怪訝に思ったものだが、今となってはその理由が分かる。

衛兵たちもまた、自らの役割に本気なのだ。でなければ、死線の中、自分の身を顧みずにナルトスや騎士たちを守ろうとしたりはしない。

ジークはゴブリンパワーを退けると、背後に控えていたゴブリンロードと相対する。

奴のすぐ目の前に敵の大将がいる。

武勲を立てたいのなら、ジークを押しのけてでも前に出るべきだ。けれど、ナルトスは気づけば叫んでしまっていた。

「ジーク！　ゴブリンロードを仕留めろ！」

「――ああ」

ジークはゴブリンロードの決死の一撃を受け止めると、それをものともせず、薙いだ剣で敵の大将の首を撥ね飛ばした。

武勲を取られてしまった。

にもかかわらず、苦い思いは湧いてこなかった。

それどころかむしろどこか清々しい思いが湧いてきた。

……こいつには勝てない。

そう認めてしまっていることに気づいた。

その瞬間、心が軽くなった。

自分の中のわだかまりが雪解けていくのを、ナルトスは感じていた。

ナルトスはジークに向き合うと、首筋を掻きながら、けれど、ちゃんと相手に聞こえるように素直な想いを口にした。

「……ジーク、お前のおかげで助かった。感謝する」

「ああ」

ジークは自分の想いをまっすぐに受け止めてくれた。


ゴブリンロードを無事に討ち取ることが出来た。

敵将を仕留めたことで、指揮を執る者がいなくなり、敵の部隊が瓦解する。目に付いた残党はあらかた殲滅した。

「一通りは片づいたな。引き上げるとしよう」

俺たちは巣穴の入り口へと引き返してくる。

俺の後ろを歩いていたナルトスがふと呟いた。

「巣穴は隈なく捜索したつもりだが、これで掃討は完了できたのか？」

「ゴブリンロードを始めとした変異種は間違いなく全て始末した。ただ、通常個体は討ち漏らしがあるかもしれない」と俺は答える。

「指導者を仕留めたから、通常個体だけでは脅威にはならないとは思うが……。それでも報復の芽は残したくはないな」

「それは問題ない。巣穴の入り口を塞いで、再起を図れなくする。仮に生き残りがいても外に出られないから餓死するだろう」

「巣穴の入り口を塞ぐだと……？　いったいどうやって」

「まあ見ていてくれ」

　俺たちは巣穴の入り口を抜けると、外に出た。

　薄暗く湿った闇は払われ、透明感のある日の光が降り注いでくる。

　同行者が全員脱出したのを確認してから、踵を返し、巣穴の入り口と外の世界の境界線となる位置に立った。

　背後では騎士団と第五分隊の面々が見守っている。

「俺の使えるスキルは防御系に特化して、攻撃するものがなかったからな。鍛錬することで最近新しいスキルを体得した」

　防御力には自信があるが、攻撃力には欠けているというのが俺の自己評価。だからその弱点を補うためのスキルだった。

「ペインリバース――俺が受けたダメージを攻撃力に変換して放つ一撃だ。今回の戦いの蓄積量があれば入り口は塞げるだろう」

　ふう、と息を吐いてから、スキルを発動させる。

　ゴブリンたちに浴びせられた攻撃、仲間たちの受けた攻撃を肩代わりしたダメージが俺の力となり全身に巡っていった。

「ペインリバース！」

痛みを力に変え、拳に乗せて地面を殴りつける。

叩いたところを始点として衝撃が波紋のように広がり、地響きが起こると、頭上の岩が雪崩れるように崩壊を始めた。

あっという間に入り口が落石により塞がれる。

「これで生き残りがいても、巣穴の外には出られないだろう。任務完了だ」

「す、凄い威力ですね……」とセイラが感嘆の声を漏らしていた。「これでジークさんの身体のダメージもなくなったのですか？」

「いや、それは体内に残ったままだ。ダメージ自体がなくなるわけじゃない」

「そうなのですか……」

「一応、体内のダメージをなくすためのスキルもある。ペインムーブと言ってダメージを他者に移すことが出来る。攻撃と回復が同時に行える使い勝手のいいスキルだな。他者のダメージを自分に移すことも出来るぞ」

第五分隊にはヒーラーがおらず、そこを補うために習得したものだ。これで味方が不慮の傷を負った時にも対処できる。

俺の言葉を聞いていたファムは「ふむ」と小さく呟いた。

「それなら、僕に少しダメージを移してくれてもいいよ。君と同じ傷を抱えながら生きるというのは甘美な響きだからね」

「問題ない。これくらいはかすり傷だ」

「よく言うぜ。これだけの威力が出せるほどのダメージを受けてるのによ」

「ジークさんはどんどん強くなっていきますね……。少しでも追いつけるように私もよりいっそう鍛錬に励まないと」

　俺たちが話していた時だった。

「今回のお前たちの働き、実に見事だった」

　厳粛な面持ちをしたナルトスがそう声を掛けてきた。一瞬、皮肉かと思ったが、表情を見るにそういうわけでもないらしい。

「我々は誤解していたようだ。お前たちは我々と何ら変わることのない、命を懸けてこの国を守ろうとする同志だった。そこには上も下もない、互いの背中を預け合う仲間だ。どうかこれまでの非礼を詫びさせて欲しい」

　ナルトスに続くように、後ろに控えていた騎士団の連中は深々と頭を下げてきた。

「はっ！　ようやく分かったか！　けどな、謝罪ってのはいくらしてもタダだ！　誠意を見せたけりゃそれなりの額の金を――むがっ」

　チンピラのムーブをかまそうとしたスピノザの口を塞ぐと、俺は衛兵団第五分隊の分隊長としてナルトスと正面から向き合った。

「それは俺たちも同じだ。騎士団が衛兵団を見下していたように、衛兵団の中にも騎士団を悪く言う者は多い。ろくに働きもせずにふんぞり返っている給料泥棒だとかな。今回の任務に同行したことで騎士団も必死なのだと分かった。俺たちがそう伝えることで、衛兵たちも少しは認識を改めるはずだ」

「……我々はもっと早く、お互いのことを理解しようとするべきだった」

「ああ、全くだ」

照れくさそうにナルトスが差し出してきた手を、俺はしっかりと握り返した。その様子をセイラやファム、騎士団の連中が見守っている。

繋がれた手は、お互いの溝を埋めるために架けられた橋のように見えた。

第三話　記憶喪失の剣士

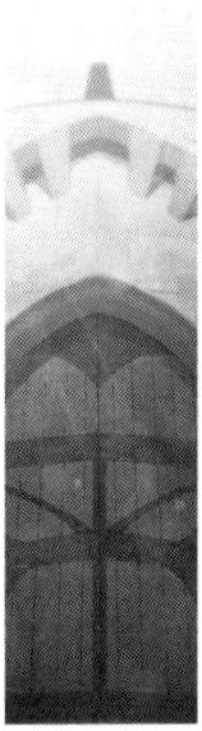

ゴブリンの巣穴の掃討任務を終え、王都へと帰還する。

ボルトンに報告するために詰め所にある団長室へと足を踏み入れる。無事にゴブリンの巣穴を壊滅させたことを伝えた。

「ご苦労だったな。ま、お前たちなら何の心配もないだろうとは思ってたが」

ボルトンは葉巻を吹かすと、にやりと笑った。

「このままどんどん騎士団の連中には恩を売っていきたいもんだ。ツケが膨らめば膨らむほど回収する時に利益を得られる」

「けど、踏み倒されるかもしれねえぜ？」

「騎士団に限ってはそれはない。奴らは名誉を何より重んじてるからな。それに泥を塗るような真似はしねえよ。スピノザ、お前とは違う」

「おい待てよ、誰がツケを踏み倒してるって？」

「違うのか？　王都中の酒場に莫大なツケがあるって聞いたがな。おかげでいくつも酒場を出禁になったとか」

「私からもお金、借りてますよね？」

「返すつもりはちゃんとあるっての。そのうち、そのうちな。あたしがスロットで大勝ちしたら色つけて返してやるよ」

「ギャンブルに頼らず、真っ当に働いて返したらどうだい」

「はっ、舐めんなよ。真っ当に働いて返せる額はもうとっくに超えてんだよ。そんなちまちましてたら一生返せねえぜ？」

「なんで自慢げなんだよ」

　その時、コンコン、と団長室の扉がノックされた。

「おう、入れ」

「失礼するわ。——あら、ジーク。偶然ね。やはり私たちは運命の赤い糸で繋がっているということかしら……？」

「衛兵の詰め所だから、そこまで偶然でもないだろう」

「で？　用件はなんだ」

　とボルトンが面倒臭そうにエレノアへと先を促した。

「そのことだけど、例の彼女が目を覚ましたわ」

「ほう、思ってたより早かったな」

「そうね。医者も驚異的な回復力だと言っていたわ。下手をすると、このままずっと眠り続ける可能性もあると言ってたから」

「例の彼女？」

　と俺は尋ねた。

「詳しいことは歩きながら説明するわ。彼女は診療所にいるから。あなたたちもいっしょにきて貰えないかしら」

診療所に向かう道すがら、エレノアが話してくれた。

騎士団はこの王都アスタロトもその一部である、シルベスタ王国の領土に続く、ミレオン大橋の警備にあたっていた。

すると、一人の騎士が川辺に倒れている女性を発見した。

鎧を身につけた女性は頭に傷を負っており、意識を失っていた。

どこから流されてきたのかは分からない。

ただ、少なくとも王国内の人間ではなさそうだということだ。

診療所に運び込み、傷の治療は無事に終えたものの、意識は回復せずにいた。それが先ほど目覚めたということらしい。

診療所にたどり着くと、医者に奥の部屋へと通された。

いくつも並べられた空きベッドの中の一つだけが埋まっていた。上半身を起こした状態の彼女は俺たちに気づくと、こちらを見つめてきた。

「えっ……!?」

女性を見た瞬間、傍にいたセイラが驚いたように声を上げた。

「どうしたセイラ、もしかして知り合いか？」

「い、いえ、とっても綺麗な人だなと思いましてつい……」

「ははっ。セイラはあたしと会った時にも同じようなリアクションをしてたからな。美人を見るとビックリしちまうんだな」

「……うふふ。僕と会った時も驚いていたね」

「スピノザさんの時は、出会い頭に二日酔いで嘔吐されたからですよ！　ファムさんは私の背後からいきなり現れたからです！」

　セイラはそう言うと、

「もちろん、お二人とも美人だとは思いますけど。正直、それ以外の要素のインパクトの方がずっと強かったです」

　とフォローの言葉を付け加えていた。

　声を上げることはないにせよ、確かに目の前の女性は綺麗だ。

　見た目がというのもあるが、何というか芯がまっすぐに通っている。

　背中に掛かるほどの髪に、凛とした端整な顔立ち。麻の服越しにも分かるほど、身体が引き締まっているのが分かる。磨き抜かれた鉱石のようだ。

「姫様、お目覚めになられたようだな」

　ボルトンが冗談めかした口調で笑いかける。

　女性は怪訝そうに目つきを強めた。

「お前たちは……？」

「おっと、そう警戒するな。何も取って食おうってわけじゃない。俺たちは倒れてたお前さんをここまで運んでやったんだぜ」

「倒れていた？　私が？」

「ああ、ミレオン大橋の川岸でな。頭を怪我して、意識を失っていた」

「……そうなのか。どうやら面倒を掛けてしまったようだな。感謝する。お前たちのおかげで助かった」

　女性は深々と頭を下げてきた。

「実際に助けたのは騎士団の連中だ。俺たちが礼を言われる筋合いはねえよ」

　ボルトンが照れくさそうに言う。

「それにしてもお前さん、魔物にでも襲われたのか？」

「……いや、すまないが、何も思い出せないな」

「まあ、ショックで一時的な記憶が飛んじまったのかもな。じゃあ、素性は？　お前さんはいったいどこから来たんだ」

「……いや、それも含めてだ」

「ん？」

「何も思い出せない。思いだそうとすると、頭の中に靄が掛かったようになる」

「おいおい、記憶喪失かよ。こりゃ参ったな」

　ボルトンは額に手をついた。

「ホントに何も覚えてねえのか？　自分の名前は？」

「自分の名前……」と女性は顎に手を置き、思い出そうとする。「アルマという名だけはなぜか覚えている。これが自分の名前かは分からないが……」

「恐らくはそうだと思うわ」エレノアが言った。「発見された時、あなたの着ていた鎧にはその名前が刻印されていたから」

「自分の名前以外は何も覚えてないってことか」

　ボルトンはそう呟くと、

「じゃあお前さん、眠ってる時しきりにうわごとで男の名前を呼んでたんだが……。それも覚えてないってのか？」

「ふえっ……⁉　わ、私が男の名前を呼んでいた⁉　それは本当か⁉」

　アルマの顔は耳まで真っ赤になっていた。

「ああ、愛しそうに何度も口ずさんでたぜ。ありゃそういう関係の相手だろうな。恋人か旦那なのかまでは分からねえが」

「こ、恋人⁉　それに旦那⁉　私は既婚者の可能性もあるのか⁉」

　思わぬ可能性にアルマは声をうわずらせた。

「そりゃ、あるんじゃないか？」

「……まさかもう子供もいたりするのか？　ウソだろう？　産んだ覚えはないぞ。男の子かそれとも女の子か……？」

ぶつぶつと呟きながら、妄想の翼を広げていた。

その様子を見ていたボルトンは顎髭を撫でながら、得心したように頷く。

「このリアクションを見るに、どうやら本当に何も覚えてないみたいだな。ちなみに寝言を言ってたってのはウソだ」

「えっ⁉　う、ウソ⁉」

「まあそう悪く思うな。俺たちとしても、お前が本当に記憶喪失なのか、記憶喪失のフリをしているのかは見極めなきゃならん」

「……記憶喪失のフリ？　なぜ私がそのような真似をする必要があるのだ」

「……君が他国のスパイで、王都に潜入するために無知を装っている。そういう可能性も否定は出来ないからね」

とファムが言った。

「さっすが元スパイだな！　スパイの考え方はお手の物ってか！」

スピノザがガハハと笑いながら、ファムの頭をぽんぽんと叩いた。センシティブな部分にズケズケと踏み込まれたファムは呆れていた。

「……君の無神経さには、拍手を送りたくなるよ」

しかし、そう嫌そうには見えなかった。スピノザに悪意がないからだろう。一切の遠慮がないというのはある意味では救いにもなりえる。

「ファム、お前の目からあの女はどう見えた？」

「……ずっとボルトン団長と話しているのを観察していたけれど、目や表情、声色にウソの匂いはしなかった。彼女の記憶喪失は本物だよ」

なるほど、ファムが言うのならそうなのだろう。

「来た場所が分からないなら、行く当てもないでしょうし。アルマさんにはひとまず王都で暮らして貰うことにしましょうか」とエレノアが提言する。

「ありがとう。身を置かせて貰えるのは助かる」

「ただそうなると働き口が必要になるわね」

「倒れていた時の装備からして、こいつはどこかの国の騎士だったんだろ？　なら騎士団に入れてやるのはどうだ」

とボルトンが進言する。

しかし、エレノアは浮かない表情だ。

「こんなことを言うのもなんだけれど……。騎士団は身分がないと入れないわ。身元が保証されていない者の入団は許可できない」

それを聞いたスピノザがアルマに耳打ちする。

「おい、適当に身分を偽っちまえよ。ここに来る前は貴族だった～とか何とか言っとけば騎士団に入れるかもしれねーぞ」

「え？　そ、そうだな……！　あ、今、思い出したぞ！　私は記憶を失う前、凄く高貴な身分だった気がしてきたなあ～！」

「凄く高貴な身分って……随分と漠然としてるわね」

「そう！　姫！　私は王女様だった気がする〜！」

「いくらなんでも姫はムリがあるだろう……」と俺。

「し、仕方ないだろう⁉　急に言われてそんな器用にウソをつけるか！　憧れの身分をパッと思い浮かべたら姫だったんだ！」

「ごめんなさい。仮にあなたが貴族だったとしても、それを証明する手段がない以上、騎士団への入団を認めることは出来ないわ」

　ダメだった。そりゃそうだ。

「私が姫だったとしてもか？」

「姫だとしてもよ」

　食い下がるところはそこじゃないだろ。

　というか、そもそも姫じゃないだろうし。

　すると、ボルトンがよどんだ空気を打ち払うかのように声を上げた。

「よし、お前の身は衛兵団で預かる。鎧を着てたってことは剣の心得はあるんだろう。俺たちと王都のために働いて貰うぜ」

「え、衛兵だと⁉　私がか？」

「なんだ、不満か？」

「いや、雇って貰えるだけでもありがたい！　身を粉にして働かせて貰おう！」

「おお、良い心意気じゃねえか」

「おいおい、止めとけよ。衛兵なんざ進んで就くような職業じゃねえぜ？」

　とスピノザが再び耳打ちする。

「そうなのか？」

「衛兵と言えばキツい・汚い・危険・給料安いの４ｋ職だ。クソだぜ、クソ。どこも行く当てのない奴が最後に行き着く場所だからな」

「スピノザお前、自分の職業をよくそこまでけなせるな」

「はっはっは。だが、違いねえ」

　いやボルトンも笑ってる場合じゃないだろ。

「スピノザの言う通り、給料はクソみたいに安いし、常に危険と隣り合わせの仕事だが、衛兵団の仕事にも良いところはあるんだぜ？　寮に住み込みで三食ついてくる。どうだ？」

　デメリットに対してのメリットがあまりにも少なすぎるだろ……とアルマ以外の全員が心の中でツッコミを入れていたのだが――。

「住み込みが出来て三食ついてくる⁉　素晴らしい職業ではないか！」

　アルマはキラキラと目を輝かせていた。

「素晴らしい職業のハードルが低くないか？」

「彼女はきっと、どこでも生きていけるタフさの持ち主だね」

俺とファムがぼそぼそと会話を交わす。

「言っておくが、どこの馬の骨とも分からんような奴が就ける仕事の中では、衛兵は上等な方なんだぜ？　ということで、お前は今日から俺たち衛兵団の一員だ。よろしくな」

ボルトンは豪快な笑みを浮かべると、アルマの背中をバシバシと叩いた。任せておけと胸を叩くアルマは意気込んでいた。

「だが、問題はどの分隊で引き受けるかだな」

「では、第五分隊が受け入れるというのはどうでしょう？」

そう言ったのはセイラだった。

「第五分隊なら女性が多くて馴染みやすいでしょうし」

「なるほど。それもそうだな」とボルトンは言った。「ジークなら問題児たちを手懐けるのにも慣れてるだろ」

問題児を手懐けることになんて慣れたくはないのだが……。

まあでも、記憶がないとなると、色々と不安なことも多いだろうしな。誰かが面倒を見なければならないのなら俺たちが引き受けてもいい。

「分かった。なら、俺たちが引き受けましょう」

「そう言ってくれて助かるぜ」とボルトンが微笑む。

「ジーク、これからよろしく頼むぞ！」

しかし一片の曇りもない微笑みを浮かべるアルマを見ていると、特に記憶がないことの不安は感じてないようにも思えるな。

アルマが衛兵団に加入した翌朝。

衛兵寮の自室で目覚め、朝食をとるために食堂に向かうと、アルマの姿があった。俺は分隊長として声を掛ける。

「おはよう、昨日はよく眠れたか」

「ああ、バッチリだった。良い夢を見られた」

「アルマさん、凄く気持ちよさそうにいびきを掻いていましたよ。大の字になってお腹をぽりぽり掻いてましたし」

昨日からアルマと同室になったセイラがそう教えてくれる。

「アルマ、お前、凄いな……」

俺は思わずそう漏らしてしまった。

「む？　何がだ？」

「いや、衛兵団のベッドは固くて眠れないことで有名だからな。初日からしっかり睡眠を取れるというのは大したものだ」

衛兵団に加入した者に襲いかかる第一の洗礼がそれだ。

ベッドが硬いために睡眠が出来ず、それ故に体力が回復せず、蓄積した疲労により心身共に摩耗して潰れてしまう。

さりとてベッドを買い換える資金は足りないという地獄のような状況。ここではタフな者しか生き残ることが出来ない。

俺も眠ることは出来た方だが、快眠とはほど遠かった。

「そうか？　寝心地が良かったではないか」

「あれで寝心地が良いって……お前は今まで、どんな環境で寝ていたんだ？」

「さあ？　なにせ、覚えていないからな」

「そういえばお前、記憶がないことの不安はないのか？」

「特には。ないものは仕方がない。そのうち思い出すかもしれないし。気にするだけ時間の無駄というものだ」

「ポジティブだな」

「ちなみにアルマが快眠した分、こっちにしわ寄せが来たからな」

「え」

遅れてファムとスピノザが食堂に現れた。

「どういうことだ？」

「僕たちの部屋は彼女とは隣室なんだけど、いびきが聞こえてきていたからね。夜中に工事が行われているかのようだった」

「耐えきれなくなってこいつの部屋に怒鳴り込んだんだけどよ。胸ぐら掴んで揺さぶってもまるで起きないでやんの」

「あれほど爆睡という言葉が似合う寝姿もないね」

二人の目の下には隈があった。

夜中、アルマのいびきに苦しめられた痕跡だ。

複数の証言と被害を目の当たりにしたアルマはばつが悪くなったのか、叱られた子犬のようにうなだれた。

「う……す、すまない。迷惑をかけた」

「まあ昨日はアルマにとっても色々あったからな。疲れていたんだろう」

「そうですよ。気になさらないでください。それに眠れないでいるより、よく眠れている方が良いでしょうから」

俺とセイラがそう言ってフォローすると、アルマは瞳を潤ませた。そして感激の気持ちを声に滲ませながら彼女は言った。

「お前たち……良い奴だなあ……！　この恩は一生忘れはしないぞ……！」

「重いな」

「でも悪い人でないのは伝わってきますから」

俺とセイラは揃って苦笑する。

アルマはスピノザとファムにも頭を下げる。

「お前たちもすまなかった」

「気にすんな。もう落とし前はつけたからよ」

「落とし前？」

「あまりにも起きないもんだから、頬を二、三発ひっぱたいたのと、寝てる間に思う存分乳を揉ませて貰った」

「ぬなっ……!?」

「お前、いいもん持ってるな。セイラといい勝負だぜ」

　とグーサインを掲げるスピノザは満面の笑みを浮かべていた。

「私の胸を揉みしだいただと!?　しかも寝ている間に許可なく!?　お前っ！　それはやりすぎだろう！　さっきの謝罪の言葉を返せ！」

「はっはっは！　返さねえよーん」

「ならば私は謝罪の言葉を撤回する！　撤回するぞ！」

　顔を真っ赤にしたアルマは、今にもスピノザに飛びかかりそうな剣呑な雰囲気。朝から内輪もめをされては敵わない。

「まあまあ落ち着け。取りあえず飯にしよう。早く食べてしまわないと、朝食抜きで出勤することになってしまう」

「……そ、そうだな。スピノザに構ったせいで朝食抜きになっては敵わない。この場は一旦矛を収めることにしよう」

　アルマをなだめていると、ファムがセイラに向かってふと尋ねた。

「そういえばセイラ、昨日、アルマと何か話していたようだね」

「えっ？」

「内容は聞き取れなかったけれど、声色は真剣だった。何を話していたんだい？」

「そ、それは……」

セイラが口ごもっていた時だった。

「おーい！　お前たち、早く来ないと朝食を食べられなくなってしまうぞ！　私が代わりに食べてしまっていいのか？」

「あ、はい！」とセイラが答える。「ファムさん、行きましょう」

アルマが呼びかけたことにより、二人の会話は中断される。

受け取り口で朝食を受け取る。

空いていたテーブルに第五分隊の面々と共に陣取った。

「え？　これが朝食なのか？」

トレイの上に載った朝食を前にアルマが呟いた。

黒パンに豆のスープというわびしい献立。

恐らく彼女が期待していたものよりも数段下の食事だったことだろう。

セイラがフォローするように言った。

「王都は危険なこともあり、あまり物資が入ってきませんから。それに自国生産の食料は貴族の方たちに優先されます」

「こんなに食べていいのか……」

「「え？」」

俺たちは思わずアルマの方を見やった。

「黒パンに豆スープまで食べられるなんて……夢のようだ！」

「おいマジかよ。こいつ、この朝食で喜んでんぞ」

彼女が震えているのは怒りからだと思っていたのだが、どうやら豪華な食事を前にした歓喜の震えだったらしい。

え、そっち？　と俺も含めたその場にいた全員が思っただろう。

「――んんっ！　うまっ⁉」

アルマは黒パンと豆スープを一口食べると、予想していたより美味かったのか、食べる手をそこから止めなかった。よほど食い意地が張っているのか、ほっぺたがハムスターのようにパンパンに膨れ上がっていた。

「セイラ、この朝食はそんなに美味かったか？」

「お世辞にも美味しいとは言えないかと……。食べられないことはない、最低限の栄養は確保できるくらいの食事だと思います」

「だよな……」

「少なくとも、普通の人がお気に召すものとは思えないね」

ファムはちらりとアルマの方を見やる。

アルマはもたもたしていたら食べものを奪われると思っているのか、もはや手も使わずに直接皿の豆スープをすすっていた。

「つーか、食い方汚えなこいつ」

「うん！　美味かった！　ごちそうさま！」

その場にいた誰よりも早く、そして美味しそうに朝食を平らげたアルマは、ほっぺたに豆粒をつけながら満足そうな表情を浮かべていた。


王都を取り囲む壕、外と王都の正門を繋ぐために架かった橋には、魔物がひっきりなしに襲いかかってきていた。

俺たち第五分隊は現在、その迎撃に追われている。

取り立てて急を要する事態ではない。これくらいは日常茶飯事だからだ。この王都は人の訪問よりも魔物の訪問の方が多い。

ちなみに今回がアルマの初めての戦闘だった。

発見された時に鎧を着込んでいたことから戦いの心得はあるだろうと採用したが、実力はいかほどのものだろう——。

そんな期待と不安が入り混じっていたのだが。

「はあっ！」

アルマが剣を振るうと、正対していたゴーレムの体がスライスされる。力強い一振りは強靭な石の体をもろともせずに斬り捨てた。

一対多数の状況になっても、落ち着いた立ち回りだ。

敵の攻撃を躱し、着実に一体ずつ仕留めていく。

それを見たスピノザとファムが感心したように呟いていた。

「おおー。あいつ、かなりやるじゃねえか」

「……申し分ない動きだね。冷静で、状況判断にも長けている」

劣勢に陥っても、俺のスキルがあればアルマのダメージを肩代わり出来る。だが、特に手助けする必要はなさそうだ。

アルマは襲いかかってきたゴーレムの群れを全て一人で片付けてしまった。橋の上には斬られた石の残骸が散らばっている。

「彼女の出自は謎だけど、少なくとも腕は確かなようだね。衛兵団の中でも五本の指には優に入るほどの剣の使い手だ」

「衛兵団としては思わぬ拾いものだったな」

アルマは剣を収めると、踵を返してこちらに戻ってきた。

「どうだ？　私の実力は？」

ふんすと鼻息を荒くしたアルマは、投げたボールを取ってきた時の犬のように、称賛の言葉を求めた眼差しを送ってきた。

凄いだろう凄いだろう？　という心の声が聞こえてくるかのようだ。だからここは素直にエサを与えておくことにする。

「予想以上だったよ。大したものだ」

「おお！　認められた！　認められたぞ！」

アルマは嬉しそうに胸の前で拳を握りしめていた。その場にいた俺たち全員が彼女に嬉しそうに揺れる犬の尻尾を幻視した。

「どんな魔物が来ようと、私がいるからには安心だ。任せておけ！　この王都の平穏は私が守り抜いてみせる！」

どんと胸に手を置くと、自信満々な笑みを浮かべるアルマ。

「調子のいい奴だなあ」

とスピノザが苦笑する。

「交代時間まではまだ猶予がある。気を抜くんじゃないぞ」

「ああ。だが、交代時間まではあと二時間しかない。一日にそう何度も魔物が襲ってくるとは思えないし。今日はこれで終わりだろう？」

「だとすれば、どれだけ良かっただろうな」

「⁉」

頭の上に疑問符を浮かべているアルマのことを、セイラやスピノザ、ファムは生暖かい眼差しで見守っていた。


結局、交代時間までに魔物の襲撃は三回もあった。

　ほとんど一時間に一回のペースだ。

「……い、いくら何でも襲ってきすぎだろう！」

　魔物の襲撃を撃退したアルマは息も絶え絶えになっていた。剣を杖代わりにしながらぜーはーぜーはーと呼吸を荒らげている。

　さすがの彼女も日に何度も連続して戦闘を行うと疲弊するらしい。

「いつもだいたいこんなものだが」

「今日はむしろ少なかった方だよな？」

「いやいや！　お前たちの感覚がおかしいんだ！　なぜだ⁉　この王都に魔物をおびき寄せるエサでもあるのか⁉」

「ああ、そうか。アルマは光のオーブを知らないのか」

「光のオーブ？」

　首を傾げるアルマに、セイラが柔らかい口調で説明する。

「この王都には魔王の封印された光のオーブが安置されています。魔物たちはそれに引き寄せられてくるんですよ。そのせいで王都の周りには魔物たちが集まり、物資を運び込むのが難しくなっています」

「そもそもなぜこの国なんだ。もっと他の大国が引き取ればいいのではないか？」

　アルマは浮かんだであろう純粋な疑問を口にする。

　それを聞いたセイラが、

「アスタロト出身の勇者様が魔王を倒したからだそうですよ。その勇者様と結婚した女性の間に魔王を封印する力を持つ光の巫女様が生まれた。それからずっと王都アスタロトにオーブを安置することになったそうです」

「ほー。この国の人間はとんだ貧乏くじを引かされたものだな」

「だが、おかげで衛兵の需要が高まった。身元が分からない奴でも衛兵になれるのは、光のオーブにつられて魔物が来るからとも言える」と俺が言う。

光のオーブが安置された王都アスタロトは治安が悪く、だからこそ他の場所ではつまはじきにされた人間でも受け入れられる。

紅蓮の牙を首になった俺が衛兵として働けているのもそうだ。

「この国は来るもの拒まずだからな。すねに傷がある奴も多いしよ。少々濁った水の方があたしにとっちゃ住みやすいぜ」

「ん？　なんだあれは」

そう呟いたアルマの視線の先――表通りでは何やら騒ぎが起こっていた。白昼堂々、大人の男二人が怒気を露わにしながら殴り合いの喧嘩をしている。

その周りを野次馬たちが取り囲み、歓声を上げたり、拳を突き上げたり、指笛を吹いたりして盛り上がっていた。

「これはいったい何の騒ぎだ？」

アルマが野次馬の一人に尋ねる。

「酒場で飲んでたら言い争いになってな。片方が手を出して、もう片方が反撃したことで開戦の狼煙が上がっちまったらしい」

「………」

平日の昼から酒場に入り浸っているのもそうだし、いい年した大人が目を剥いて相手に殴りかかってるのも問題だ。

「さあさあ！　どっちが勝つか！　乗った乗った！」

「俺は背の高い男の方に銅貨三枚！」

「私は背の低い男に銅貨五枚よ！」

しかもそれを取り囲む野次馬たちが賭けの対象にしているのも問題だ。

「あたしは背の低い男に銀貨二枚だ！　見りゃ分かる！　あいつはやる男だぜ」

だがそれ以上に、本来なら喧嘩の制止に入らなければならないはずの衛兵――スピノザが意気揚々と賭けに参加しているのが一番問題だった。

「こらこら、お前は喧嘩を止める側の立場だろうが」

と俺はスピノザの後ろ首を掴む。

「というかお前、銀貨二枚も持ってないだろう」

「へへ。当たりゃ問題ねえさ。万が一外しても借金になるだけだしな」

「そうやって借金が膨らんで火の車になるわけだ。とにかく喧嘩は終わりだ。怪我人や街の被害が出る前に幕引きにさせてもらう」

俺は殴り合っている二人の首根っこを掴むと引き離した。

互いに冷静さを失っているのか、ジタバタともがいたり、罵声を飛ばしている。とてもじゃないが聞くに堪えない言葉だった。

賭けの機会を奪われた野次馬たちからはブーイングが飛んでくる。その中にスピノザの姿もしれっと紛れ込んでいた。

その様子を遠巻きに眺めていたアルマは感心していた。

「この街の人間たちは元気がいいのだなあ」

「お前、引かないんだな」と俺は思わず呟いていた。「この街に初めて来た人間は民度の低さに驚くものだが」

「ふむ。そういうものなのか」

アルマは顎に手を置き、頷いた。

「だが、活気があるのは悪いことではないのではないか？」

「ま、否定はしない。単純だからこそ気持ちのいい連中でもあるしな。それに誰しもすねに傷がある分、他人を色眼鏡で見ることもない」

「金の匂いのする話があれば人が寄ってくるし、美人なら男が口説いてくる。各人の素性は気にも留められないからね」

とファムが言う。

「この街の人間は皆、平等なのだな」

アルマは「感心感心」としきりに頷いていた。

そういう捉え方になるのか。

まあ、彼女の言うことも間違ってはいない。

この街の連中は皆、欲望に忠実なのだ。

「私も彼らに色々と教えを受けるべきか……？」

「止めておけ。身を滅ぼすことになるぞ」

俺はそう言うと、

「それより次の仕事は今日一番の大仕事になる。完遂するには全員の協力が必要だ。気を引き締めていくぞ」

「ふふん、任せておけ。さっきの私の戦いぶりを見ただろう？　この私にこなせない任務などこの世に存在しない！」

「頼もしいな。期待しているぞ」

俺は自信満々な笑みを浮かべたアルマを前に微笑ましい気持ちになった。その余裕が次の仕事でも保っていられるといいが……。

「下水道に出現した魔物の駆除？」

俺から説明を聞いたアルマはそう尋ねてきた。

俺たちは今、人気のない路地にいた。

「ああ。下水道でネズミの魔物が目撃されたらしくてな。このまま放っておけば繁殖して王都の暮らしに影響が出てしまう」

「そうか、それは対処しなければならないな」

「「…………」」

意気込むアルマを尻目に、他の仲間たちは言葉を失っていた。

「む？　皆、どうしたのだ？　顔色が悪いようだが」

「……マジかよ。下水道に入るなんて聞いてねえぞ」

呟いたスピノザの表情は青ざめていた。

「事前に伝えていたら、きっとお前はサボるだろうと思ったからな。直前になるまで内容は伏せておこうと思った」

「てめえジークこの野郎！　卑怯だぞ！」

「何をそんなに怒っているんだ？　下水道は危険なのか？」

「いいや、危険度という意味ではそれほどでもないよ」とファムが答えた。「スピノザが二の足を踏んでいるのは別の理由さ」

「というと？」

「臭いだよ」

ファムは言うと、舗装された道にはめ込まれた鉄製の蓋を外した。下水道に続く穴の中からはむあっと臭気が立ち上った。

セイラとスピノザは「うっ……」と鼻を摘まんだ。表情が歪んでいる。

「王都の下水道は汚いし、臭いが酷いからね。一度中に入ろうものなら、少々シャワーを浴びたくらいでは臭気が取れない」

「おえー。鼻がもげちまいそうだ」

「何度経験しても慣れないですね……」

「僕はスパイとしてあらゆる劣悪な環境を経験してきたからまだ耐えられるけれど。常人にはとても耐えられないだろうね」

「ふむ」とアルマは頷くと、下水道に続く穴の前に立った。「確かに臭いはするが、気にするほどのものとは思えないが」

「「え？」」

俺たちはアルマの顔を見やった。

「お前、それマジで言ってんの？」

「この場所でもすでに結構な臭気ですよ？」

「ああ。全然耐えられそうだ」

アルマはそう答えると、下水道に続いているハシゴに手を掛けた。そのまま何の躊躇《ちゅうちょ》もなく地下に降りていった。

「おーい、お前たちも早く来てくれ。私一人では勝手が分からない」

暗い穴の底から暢気な声が響いてくる。

俺たちは思わず顔を見合わせた。

「あいつ、どうなってんだよ。嗅覚がバカなのか？」

「それはないだろう。あれだけ朝食を美味そうに食べていたんだ。嗅覚がなければ食べ物の味もしないはずだ」

「タフだとは思っていたが、彼女は野生児だね」

「絶対高貴な身分じゃなかっただろ、あいつ」とスピノザが言う。

俺はアルマに続くためハシゴに手を掛けた。

「おいジーク、マジで行くのかよ？」

「俺も冒険者として劣悪な環境の経験はある。今さら下水の臭いに抵抗を持つようなことはないからな」

それにアルマを放っておくわけにはいかない。

「ジークが行くんだ。影の僕はそれに付き従うだけさ」

ファムは俺の後についてきた。

「セイラ！　セイラは行かないよな？　なっ？」

スピノザは最後の希望とばかりにセイラを見やる。

セイラはにこりと微笑みを浮かべた。それが同調の意だと受け取ったのか、スピノザはぱあっと表情を明るくしたのだが――。

「アルマさんが頑張っている以上、私も負けてはいられません！　それに王都の人たちが困っていますから」

　セイラはそう言うと、

「頑張って仕事をして、皆でお風呂に入りにいきましょう」

　覚悟を決めたかのように鼻を摘まむと、下水道に続くハシゴを下りる。

「くっそー！　どいつもこいつもバッカじゃねーの！　ふざけやがってよー！　あたしは乗らないからな！」

　一人残されていたスピノザだったが――。

「おいスピノザ、早くしろ」

「君のせいで任務が終わるのが遅くなるじゃないか」

「スピノザさーん」

「あーもう！　わーったよ！　行けばいいんだろ！　行けば！」

　俺たちが呼びかけると、ばつが悪くなったのか、やがて自棄になったかのように下水道の中に降りてきたのだった。


　結局、先陣を切ったアルマに続く形で下水道の中へと突入した。下水道で繁殖していたネズミの魔物を駆除し、無事に任務完了となった。

　地上に戻ってきた時には日が暮れかかっていた。

　一日の仕事が終わり、ボルトンに報告をした後、全身に染みついた臭いを取るために俺たちは公衆浴場へと向かった。

身を清めた後、第五分隊の面々で酒場にやってくる。

「ふう。ようやく今日一日の仕事が終わった……。衛兵の仕事は私が予想していたよりもずっと厳しいものだった……」

賑わいに包まれた店内で、額に手をつきながらアルマは項垂れていた。今日は一日働きづめだったから疲労困憊のようだ。

「でもアルマさん、大活躍だったじゃないですか。誰よりも機敏に動いていましたし、次から次に魔物を切り倒していました」

下水道の中に下りたアルマは臭気などものともせずに機敏に動いていた。次々にネズミの魔物たちを斬り伏せていった。

その姿には鬼気迫るものを感じた。

「ふっふっふ。我ながら今日は活躍できたと自負している」

アルマは胸に手を置き、堪えきれないというふうに笑みを漏らす。

「どうだ？　私はこの衛兵団にとって必要か？　必要だろう？」

「ああ、アルマが加入してくれたのは力強い」

「おお……！　人に求められるというのは気持ちがいいものだ……！」

アルマはじーんと喜びを噛み締めているようだった。

「それに任務が終わった後、皆で風呂に行ったのは爽快だったな。今私は生きているのだという感じがしたぞ」

　任務終わりに俺たちは下水の汚れを落とすために公衆浴場に立ち寄った。当然、俺と他の仲間たちの入る湯は別だったが。

「しかし、ちゃんと臭いは落ちたのだろうか？　私は鼻が利く方だが、自分の匂いというのは分からないからな」

「大丈夫ですよ。アルマさんからは石けんの良い匂いがしますから」

「そうだぜ。あたしが風呂場で全身隈なく洗ってやったじゃねえか。これ以上ないくらいに綺麗になったはずだぜ？」

「お前は私の身体に触りたかっただけだろう！　胸ばかり触ってきおってからに！　変な声が出たところを周りの人に見られて凄く恥ずかしかったぞ！」

「いやー、あまりにも良い反応をするもんだから、楽しくなっちまってよ。うひひ。久々に揉み応えのある乳に巡り会えたぜ」

　スピノザはだらしない顔をしながら、両手の指を蠢かせていた。

　その様子を見たアルマは警戒するように両肩を抱いていた。

「あの時の感覚を思い出したら湯上がりの良い気分が冷めた……」

「言っとくけど、あたしはあんたのおっぱいを褒めてるんだぜ？」

「そ、そうなのか？」

「あれだけのおっぱいを持ってるのは大したもんだ」

「む。内容はともかく、褒められること自体は悪くない気分だ」

「だからよ、これからも時々揉ませてくれよ。誰にでも言ってるわけじゃねえ。あたしは自分の認めた相手にしか言わないからな」

「…………まあ、時々なら」

「よっしゃ！　アルマのおっぱいに乾杯だ！　おーい姉ちゃん、エールくれ！　それと料理もたんまり持ってきてくれ！」

「アルマ、スピノザとまともに取り合ってはいけない。損することになるよ」

とファムが助言した。

「素直すぎて悪いことに巻き込まれないか心配だな」

分隊長として注意深く見ておかなければ。

しばらくすると、テーブルの上に酒と料理が揃った。葡萄酒にエール、パイにシチューに焼き魚にと盛りだくさんだ。

「隊長、乾杯の音頭を取ってくれよ」

「俺か？」

「……君の挨拶がある方が締まるだろう」

「ジークさん、頑張ってください♪」

「……やれやれ。仕方ないな」

皆に促され、俺は渋々音頭を取ることに。

「今日は皆、ご苦労だった。アルマという新しい仲間を迎えることが出来たし、これからも王都を守るために尽力しよう。それに――」

口上を述べていると、それをかき消すように、

「ぐぅ～～～～」

と大きな腹の虫が鳴り出した。

場が思わずフリーズする。

視線を動かすと、音源であるアルマが顔を真っ赤にして俯いていた。どうやら今の腹の虫は彼女のものだったらしい。

思わず、俺はくすりと笑みを漏らしてしまう。

「長々と喋りすぎたな。早く始めるとしよう」

アルマは「うぅっ……！」と恥ずかしそうに呻き声を上げ、そんな姿を見て他の仲間は微笑みを浮かべていた。

乾杯をしてから、それぞれが料理に手を伸ばす。

「んっ、はぐっ、んんっ……」

「アルマの奴、すげーがっつきっぷりだな。お預け食らってた犬かよ」

「今日は一日、任務で動き回っていましたからね。お腹が空いていたのでしょう。働いた後に食べるご飯は格別です」

アルマは勢い余って喉に料理を詰まらせてしまったらしく、

「んんっ……！」

と苦しそうな表情を浮かべていた。ゴリラのように胸をドラミングしている。

「アルマさん、誰も取ったりしませんから。ゆっくり食べましょう」

セイラが「水です。飲んでください」と差し出したジョッキを受け取ると、アルマは喉を鳴らしながら一息に飲み干した。

どん、とジョッキの底をテーブルに打ち付けると、口の端についた水滴を手の甲で拭いながらホッと一息をついていた。

その様子を眺めていたスピノザが思わずこぼした。

「豪快な食いっぷりだな」

「ある意味、この街には馴染んでいるね」

俺たちが酒と料理を楽しんでいた時だ。店にいた男たちが俺たちに気づくと、テーブルに来て声をかけてきた。

「お、第五分隊じゃねえか」

街の住民たちだった。

「聞いたぜ、下水道のネズミ連中を掃除してくれたんだってな。助かったぜ。あいつら夜中にこっそり地上に出てきては、倉庫に置いてあった作物を食い荒らすからよ。街の皆も迷惑してたんだ」

「今回活躍したのは、そこにいるアルマだ」

　俺がそう言うと、街の住民たちはアルマの方に視線を向けた。

　ミートパイを頬張っていたアルマは「む？」と小さく反応を見せる。食べ物を詰めた頬がハムスターのように膨らんでいた。

「おお、あんたが噂の新人か」

　と街の住民が得心したように口にする。

「私のことを知っているのか？」

「問題児揃いの第五分隊にまた新しい問題児が入ったって話題になってるぜ。何でもここに来るまでの記憶がないんだって？」

　他人のデリケートな部分に遠慮なくズケズケと踏み込んでいくのはこの街の住民たちの特徴であり、長所でもあり短所でもある。

　しかし、アルマに気分を害した様子はなかった。

「うむ。そうだ」

「何にも覚えてないのか？」

「覚えているのは自分の名前くらいだな」

「あと、元姫様だったことだよな」

　スピノザが半笑いで言うと、アルマはむっとした表情を浮かべる。

「……お前、バカにしているだろう？」

「はっはっは！　そりゃいいな！　――おーい店員さん！　こっちの姫様にエールを一つ持って

きてやってくれ」

「いいのか？」

ぽかんとするアルマに、住民の男は言った。

「ま、俺たちからのちょっとした就職祝いだよ」

運ばれてきたエールを飲みながらアルマが料理を食べていると、その見事な食いっぷりに惹かれたのか、周りに人が集まってきた。

アルマが記憶喪失で、衛兵団で働いていることを知ると、その場にいた客たちは次々とアルマに料理を注文し始めた。

客たちに餌付けされるような形になる。

運ばれてきた料理を平らげたあと、アルマは満足そうにお腹を撫でていた。そしてふと困ったような微笑みを浮かべる。

「……この街の人たちは不思議だ。私のような者にも優しくしてくれるなんて。自分で言うのも何だが、外から来た記憶喪失の女なんてかなり怪しい存在だと思うぞ？　警戒心を抱くのが普通じゃないのか？」

「この街の人間は外部から来た連中の方が多いからな。他の街にいられなくなって最終的にここに流れ着いた者が多い」

「ある意味では皆、記憶を失ったみたいなもんだ」

「衛兵団の連中だってそうだぜ。どいつもこいつも流れ着いた奴ばかりだ。元々この街にいた奴なんて数えるほどしかいない」

　街の住民たちの話を聞いたアルマは、俺の方を見やった。

「ジークたちもそうなのか？」

「ああ。俺は紅蓮の牙というパーティを組んでいたんだが、そこを首になってな。ギルドの受付嬢にこの街の衛兵を紹介された」

　紅蓮の牙を首になり、活動していた街にはいられなくなってしまったため、この王都に流れ着くことになった。

「僕は魔族のスパイとしてこの衛兵団に送り込まれてきたから。ここに来る前は色々な街を転々と暗躍していたよ」

　ファムは自らの出自を明かしながら言う。

「くれぐれも言っておくけれど、今はもうスパイ活動はしていないよ。この第五分隊に骨を埋めると決めたからね」

「あたしがどうしてここに流れ着いたか気になるか？」

　スピノザが勿体ぶった言い回しで皆の関心を買おうとする。しかし、アルマはきっぱりと手のひらを開けると言った。

「いや、結構だ。だいたい予想がつくからな」

「何でだよ！　もっとあたしに興味持てよ！」

「大方、暴力沙汰とか賭博の借金が膨らんだとかだろう」と俺が言う。

「おいおい、よく分かったな。ジーク、あたしのこと好きだったのか？　それならそうと言ってくれりゃいいのによ。おませさんだな」

「お前が分かりやすすぎるんだよ」

もうちょっと捻りを持たせて欲しい。

「そ、そうなのか⁉　ジークとスピノザは出来ていたのか⁉」

「「え」」

「まさか分隊内で恋愛が行われていたとは……。今思い返してみると、ジークのスピノザに対する態度には遠慮がなかった。あれは腹を割った恋仲だったからか……⁉」

口に手を当てながら、あわわ……とたじろいでいるアルマ。

「何を勘違いしているのか知らんが……俺たちは付き合ってなどいない。スピノザに遠慮がないのは、あいつが遠慮する必要がない相手だからだ」

「スピノザと恋仲というわけではない……はっ！　ということはお前、セイラやファムと付き合っているということか⁉」

「ええっ⁉　そうだったんですか⁉」

「どうしてそうなる！　セイラもビックリするな！」

「……うふふ。僕は別に構わないけどね」

「ファム。お前まで……」

からかわれて、思わずため息をついてしまう。

「俺は仕事に色恋沙汰を持ち込むつもりはない。妄想を爆発させるのは結構だが、事実として誰ともそういう仲ではない」

　俺はそう言うと、

「アルマは堅物そうに見えるが、意外とそういうことに興味があるんだな。てっきり色恋には関心がないものだと思っていた」

「こいつ、こう見えてスケベだぜ」

「人をスケベ扱いするのはやめろ！」

　アルマはそう声を荒らげると、仕切り直すように咳払いをした。

「しかし、お前たちが他の街を追われてきた理由は何となく分かったが……セイラが衛兵というのはどうも解せないな。彼女は品もあるし、気立てもいい。衛兵団の中では明らかに浮いているように見えるのだが」

「さらっと俺たちのことをバカにしてきたな」

「アルマに悪意はないと思うよ。単に何も考えていないだけだと思う」

「まあ、そうだろうな」

「おい！　今度は私のことをバカにしていないか!?」

「そういや、今まで聞いたことなかったけどよ。セイラの出身ってどこなんだ？　この街の人間じゃねえよな？」

　とスピノザが尋ねる。

「えっ？　そ、そうですね……」

「なんだよー。あたしたちに話せないほどヤバいことしてきたのか？　セイラ、清純そうに見えて中々やるじゃねえか。このこのー」

「や、やめてください。肘で胸を小突いてこないでください」

「どさくさに紛れてセクハラを仕掛けるんじゃない」

「詮索は控えなよ。過去に何があってもセイラは今、第五分隊の仲間だ。それ以外に必要な情報はないだろう？」

「ちぇー。ま、ムリには聞かねえよ。セイラにどんな事情があろうが、胸についてる二つの膨らみの大きさは真実だからな」

「スピノザさん！　指の動きがいやらしいですよ！」

「いいじゃねえか、ちょっとだけだからよ。なっ？」

「ダメです！」

指を触手のようにうねらせて近づこうとするスピノザに、危機感を抱いたセイラは両肩を抱いて身を退いていた。

それを遠巻きに眺めながら盛り上がる街の住民たち。

アルマも楽しそうに笑みを浮かべている。

賑やかな酒宴は夜が更けるまで続いた。

第四話　魔族の狩人

ジークたちが酒宴を開いていたその頃。

王都の外では騎士団が壊滅の危機に瀕していた。

シルベスタ王国の領土内にあるガボ村、王都アスタロトとガボ村を繋ぐ道が敷かれた森の中を騎士団の乗った馬が駆けていた。

騎士たちの表情は切迫している。

隊列の中央の馬にはエレノアの姿もあった。

当初、森に踏み込んだ時に揃っていた騎士たちには欠けが出ていた。欠員は今、土の上に身を投げ出されて息をしていない。

そしてまた一人――。

エレノアの右手にいた騎士――その頭部に深々と矢が突き刺さる。被っていた兜を容易に貫通していった。

射貫かれた騎士は落馬し、土の上を転がる。乗り手を失った馬はいななきを上げながら森の中に逃げていった。

「……いったい何が起こっているの」

エレノアは自身を取り巻く状況を前に思わず呟いていた。

敵の襲撃を受けていることは分かる。

矢が刺さっていることから見ても、弓手なのだろう。

しかし、森のどこに逃げようとも攻撃を振り切ることが出来ない。まるで神の目にでも捉えられているかのようだ。

ガボ村が襲撃を受けたという一報を受け、騎士団は現場に駆けつけた。

そこで見たのは凄惨な光景だった。

矢の刺さった村人たちの亡骸が無数に横たわっていた。

村人たちはほとんど全滅してしまったにも拘わらず、村自体は何事もなかったかのように傷一つついていなかった。それが異様に不気味だった。

生き残った村人に話を聞くと、敵の襲撃を受けたのは間違いないが、最後まで敵の正体は掴めなかったのだという。

曰く――どこからともなく矢が降り注いできた。

結局、敵が何者なのかは分からず、王都に引き返そうとしたその道中だった。森の中で騎士団たちが敵の襲撃を受けたのは。

「エレノア様！　周囲を一通り索敵しましたが、敵の姿は見当たりません！」

同行していた分隊長――ナルトスの報告を受ける。

それを聞いたエレノアは、自らの心が絶望に浸食されるのが分かった。

自分たちを狙撃できそうな場所は一通り探した。

それでも見つからないなんて……。

敵はいったいどこに潜んでいるというのか。

「……エレノア様、どうしますか」

ナルトスが尋ねてくる。

他の騎士たちもエレノアの言葉を待っている。

それを見たエレノアははっと我に返った。

……そうよ。私は騎士団長だもの。絶望している場合じゃない。皆の上に立つ者として騎士たちを導かなければ。

「敵の姿が見えない以上、こちらに勝ち目はないわ。——打つ手がない以上、ここは一旦退却しましょう」

エレノアにとってのそれは、苦渋の決断だった。

だが、生き残ることが出来ればまた帰ってこられる。力尽きてしまえば、他の者たちに情報を伝えることも出来ない。

まずは騎士たちを生かしたままこの森を脱出しなければ。


森の中を逃げ惑う騎士団。

その様子を遠くから見守る者がいた。

森から離れたところにある、森全体を一望することの出来る崖の上——その場所に一人の男が

あぐらを掻いていた。

顔立ちは幼い。一見すると少年のようにも見える。

だが、背中に弓を背負った彼の頭部には、人では持ち得ない角が生えている。

その魔力が濃縮された角は、彼が人間ではなく、長い時を生き長らえてきた魔族であることを示していた。

魔族の男――フラヴィーは不遜な面持ちを浮かべ、丘の上に立ちながら、自らの眼下に広がっている森の景色を眺めた。

十キロ以上離れた森の中に、馬を駆る騎士たちの姿が針の穴ほどの点で見える。

人間の目であれば視認するのも難しいだろう。現に騎士団たちは、丘に立つフラヴィーの姿に全く気づくことが出来ていない。

しかし、フラヴィーの目を以てすれば捕捉することは容易かった。

「あはは、退却しようとしてる。勝ち目がないと思ったのかな？」

森を出られてしまえば、射程範囲からは外れてしまう。

フラヴィーはにやりと笑みを浮かべる。

「彼女たちが森を出るのが先か、僕が彼女たちを全滅させるのが先か――勝負だね。狩りの時間の始まりだ☆」

フラヴィーは体内の魔力を練り上げると、それを弓につがえた矢に纏わせ、森を駆ける騎士団の連中たちに向けて射出した。

大きな放物線を描きながら、飛んでいく魔力の込められた矢。

位置エネルギーを纏って威力が本来の何倍にも膨れ上がったそれは、騎士団の隊列の右翼にいた騎士にヒットした。

全くの不意打ちに騎士は馬上から投げ出され、地面をごろごろと転がる。

ショックを受けた馬はいななきを上げると、その場から走り去っていった。

矢を食らった騎士は地面に倒れたまま、ぴくりとも動かない。身に纏っていた白銀の鎧の胴体部分は粉々に砕け散っていた。

「ビンゴ♪」

フラヴィーは獲物を仕留めた達成感を噛み締めると、続けざまに矢を放った。今度は別の騎士がそれを受けて落馬する。

「よっしゃあ！　やりぃ！」

二発連続の命中にガッツポーズをするフラヴィー。

「あはは。あいつら、大慌てしてやんの。そりゃビックリするか。向こうからすると天災にでも遭った気分だろうなあ」

騎士団の陣形が乱れるのを見て、笑みがこぼれる。

「今頃、どこに敵がいるのかって必死に探してるんだろうな。でも残念でした！　僕は森の中にはいないのでした☆」

フラヴィーと騎士団の間の距離は十キロ以上離れている。

向こうはまさかそんな遠距離に敵がいるとは思わないだろうし、仮にバレてしまったとしても手出しをすることは出来ない。

どんな優秀な弓手や魔法使いであろうと、この距離を届かせることは出来ない。

こちらが上手で、相手が下手ということもある。だがそれ以上に十キロ近い射程距離を有している者は自分以外には存在しない。

こと遠距離の戦闘においては最強の自負があった。

フラヴィーは射程距離に特化した魔族である。

身体能力は人間と同程度しか有していないが、魔力を込めた矢の威力、そしてその射程範囲は他の追随を許さない。

力こそが絶対の正義である魔族の中で、基礎能力が他より劣っているフラヴィーは、自分はどうすれば勝てるのかを考えた。

そして導き出した結論。

戦いにおける勝利とは、負けないことだ。

負けないことは死なないこと。

では死なないためにはどうすればいいか——？

そう考えた時、敵に攻撃されなければ死ぬことは絶対にないのだと悟った。

向こうは手出しの出来ない状況に持ち込み、一方的に攻撃をする。それがフラヴィーの編み出した必勝法だった。

「いやー。やっぱり狩りは楽しいなあ」

放った矢は次々と騎士たちに命中していく。

さっきまで動いていた点が、自分の干渉によってピクリとも動かなくなる。

魔族と言えど、一枚岩ではない。

フラヴィーは他の魔族とは違い、魔王の復活になど興味がなかった。

あるのはただ、狩りを愉しみたいという気持ちだけ。

逃げ惑い、為す術もなく追い詰められ、息絶えていく人間たちの姿を見るのがフラヴィーにとっての何よりの愉悦だった。

ガボ村を壊滅させたのもそのためだった。それを聞いた王都の騎士団たちがフラヴィーを討伐するためにやってきた。

しかし、狩るのはあくまでもこちら側だ。

「おっと、逃がさないよ。次の獲物は君に決めた☆」

退却しようとする騎士団の陣形は人数が減り、小規模になっていた。

そこを更に削るため、フラヴィーは再び矢を投じる。放物線を描いた矢が騎士の一人を撃ち抜こうとした時――。

別の騎士が射線に割って入ってきた。

それは腰まで伸びた髪が艶やかな、美しい女騎士だった。彼女は剣を振るうと、それにより矢の軌道を逸らしてしまった。

「へえ。あの女騎士、中々やるじゃん」

寸前のところで矢に気づき、射線上に身体を滑り込ませた。

もしあの場で盾を使って受け止めていたら、矢は盾を貫き、あの女騎士に致命的な傷を負わせていたことだろう。

剣でいなすことで、上手く威力を散らせた。大したものだ。もっとも、こちらの位置には気づいていないようだけど。

「少しは手応えのある獲物がいてよかったよ。君みたいな活きの良い獲物を仕留めてこそ狩りの醍醐味を味わえる」

フラヴィーが放つ矢を、女騎士は懸命に防いでいた。

完全に防御に徹している。

騎士団が退却するまでの時間稼ぎをしているのだろう。

「だけど、そう長くは持たないんじゃない？　消耗してるはずだよ」

ダメージは蓄積しているのだろう。

女騎士の動きは確実に鈍くなってきていた。

そこに畳みかけるように連続して矢を撃ち放つ。

射程範囲外になるまではそう猶予もなかった。

「これで——終わりだっ！」

フラヴィーは渾身の一撃を放った。

高い場所から撃ち放たれたそれは、エレノアがこれまでに防いできた矢よりも数段上の速度と威力を伴って襲い来る。

今の消耗した女騎士では反応することが出来ない。

「あははっ！　獲った！」

女騎士の着込んでいた鎧をぶち抜き、魔力の込められた矢の先端が心臓を貫く――数瞬先にはそんな光景が顕現するはずだった。

しかし――。

女騎士の傍にいた別の騎士が身を挺して彼女を庇《かば》った。

矢を受けた騎士は落馬すると、勢いよく地面を転がっていった。

しばらく微かに動いていたが、やがては力尽きた。

フラヴィーが次の矢をつがえようとした時にはもうすでに、騎士団たちは射程範囲の外に出てしまっていた。

結果的に全滅させるには至らず。

女騎士を含めた少数の騎士たちの逃走を許してしまう。

「あーあ。逃げられちゃった。これ以上はさすがの僕でも狙えないや」

フラヴィーは笑みを浮かべると、そこで臨戦態勢を解いた。

「この僕が獲物を逃しちゃうなんてね。あの女騎士さえいなかったら、余裕で全滅させることが出来ただろうにな」

退却する騎士団――女騎士が去り際、こちらを振り返った。

その一瞬、フラヴィーは彼女と目が合ったような気がした。

その冷たい眼差しに、思わずぞくりとした。

「……まだ心は折れてないって感じだったね。僕は狙った獲物は逃がさないんだ。必ず君のことも仕留めてあげるよ」

フラヴィーはやがて来るであろう再戦に向けて、精神が昂るのを感じていた。


アルマは最初こそ衛兵の仕事量に戸惑っていたが、元々の体力があるからだろう。そのうちに慣れて対応できるようになっていった。

今や王都の生活にもすっかり馴染んでいる。

そんな矢先だった。

エレノアの率いていた騎士団の隊列が魔族の襲撃に遭い、壊滅させられたという一報が衛兵団の下に届いたのは。

ボルトンからその話を聞いた俺たち第五分隊は、エレノアが入院しているという診療所に様子を窺いに行くことにした。

診療所に足を踏み入れると、負傷した騎士たちが横たわるベッドの一角に、エレノアの姿があるのを見つけた。

「……ジーク、様子を見に来てくれたの」

「ああ、お前たちが魔族の襲撃を受けたと聞いてな」

「ありがとう、嬉しいわ――と言いたいところだけど、喜んではいられない。私のせいで多くの仲間たちを死なせてしまったから」

エレノアは自らを悔いるように俯いていた。

「……私は騎士団長として、彼らを守ることが出来なかった」

包帯の巻かれた手が拳を作っている。

それは鬱血するくらい強く握られていた。

「だが、全滅しなかった。お前は王都に帰還した。それは立派で、価値あることだろう」

「それは……私のことを身を挺して部下が守ってくれたからよ。彼の助けがなければ私は今頃生きてはいなかった」

「……そうか。そいつは殊勝な働きをしたな」

「ええ。あなたたちもよく知っているでしょう――ナルトスよ」

「――っ!?」

俺たちと共にゴブリンの巣穴の掃討に赴いた騎士団の分隊長。

最初こそいがみ合っていたが、戦いを通して和解できたと思っていた。

まさか今回の任務で亡くなっていたとは……。

ゴブリンの巣を掃討し、王都に帰る道すがら、俺は奴と話したことを思い出す。

その時、ナルトスは言っていた。

自分はずっとエレノアに憧れていたのだと。強く、そして騎士として気高い――そんなエレノアに羨望を抱いていたのだと。

だからこそ、騎士団長である彼女の力になりたい。

奴は確かにその役目を果たしたのだ。自らの命と引き換えに。

「私は皆を守らなければならない立場なのに、力不足で守れなかった。それどころか部下に守られてしまった。そのせいで彼は……」

毛布の上に視線を落とし、呻くように呟いたエレノアの長い睫毛は震えていた。嗚咽を漏らしそうになるのを堪えながら言う。

「私に力があれば、皆も――ナルトスも死なずに済んだ」

仲間を守ることが出来ず、死なせてしまったことの後悔と罪悪感――その重みに彼女は今にも押し潰されそうになっていた。

「お前のところに来るまでに、別の騎士にも話を聞いた。そいつは言っていた。騎士団長に守って貰ったのだと」

「え？」

「お前は仲間を守れなかったかもしれない。だが、お前がいたおかげで守ることの出来た命も確かにあるんだ」

俺はエレノアに向かって問いかける。

「死んでいった連中は、お前がいつまでも後悔することを望んでいると思うか？」

「それは……」

「ナルトスは言っていた。ずっとエレノアに憧れていたと。騎士団長になったお前のために出来ることをしたいと。お前を生かすために、ナルトスは自らの命を賭したんだ。お前が下を向いていたら、奴の働きはムダになってしまう」

　俺はエレノアに向けて告げた。

「奴は立派に自分の役目を果たした。だから、上司であるお前も責務を果たせ。上に立つ者が弱さを見せるな。後悔や罪悪感に押しつぶされるのは、自らの責務を全て果たして墓に入ってからでも充分だ」

「……ジーク、あなたは私が今、一番欲しがってた言葉をくれるのね」

　エレノアはふっと口元に微笑みを浮かべた。

「ごめんなさい。あなたの言う通りよ。いつまでも落ち込んでいてはいけない。彼らの意思に報いるためにも」

　顔を上げたエレノアは、前を向いていた。

　気丈さを装おうと浮かべた微笑みは強がりだったが、強がることが出来るだけの気力はどうやら取り戻したようだ。

　やはり彼女は強い。

「聞かせてくれ。敵はどんな奴なんだ？」

「……分からないわ」

「分からない？」

「ええ。どこからともなく矢が飛んできて、私たちを次々と倒していったの。気づいた時には陣形は崩壊していたわ。敵の位置を捕捉することすら出来なかった。……あれは到底戦いと呼べるようなものではなかった」

　一方的に蹂躙された――戦闘と言うよりは狩りに近い。

　エレノアほどの実力者が手も足も出ないのは妙だと思っていたが、言葉通りに手も足も出せない状況だったとは。

　戦いにならないのだから、いくら彼女が強くても勝ち目はない。

「だが、敵の姿が捕捉できないというのはどういうからくりだ？　敵は透明になれる能力でも持っているのか」

　俺の問いに、エレノアが少し自信なさげに声を落として言う。

「退却する時に一瞬だけ目視できたのだけど。私の目が確かなら、敵は十キロ以上離れた丘の上に立っていたわ。恐らくは魔族だった」

「そこから騎士団の連中を狙撃していたと？」

「……恐らくは」

「おいおい、十キロだぜ？　そんな遠距離から敵を正確に狙撃してたって……。さすがに見間違いじゃねえのか？」

　とスピノザが言う。

「ずば抜けて優秀な弓手のファムさんでもその三分の一くらいですから。十キロ先の相手に当てるのは現実的ではないかと」

「いいや、不可能ではないよ」

傍観していたファムが言葉を挟む。

「魔族の中には射程範囲に特化した者がいるからね。彼であれば十キロやそこらの距離であれば難なく命中させられる」

「そんなに遠くから攻撃できる敵が、身を隠しながら狙撃してきたら、こちらとしては手も足も出ないですよね……」

確かにそれだけ射程範囲が広ければ、まず敵の姿を捉えるのが難しい。仮に捕捉できたとしてもこちらの攻撃は届かないのだ。

厄介極まりない。

「もしそんな敵が王都に攻めてきたら大変ですよね。国の敷地外から王城にいる光の巫女様を狙撃しようとするかも……」

「もし仮に攻めてきたとしても、王都の上空には魔法使いが張った結界がある。そう簡単に破られることはないだろう」

結界が破られたとしても、王都にはハルナを始めとした魔法使いたちがいる。飛来した矢も打ち落とせるはずだ。

「うん。それに僕の知るその魔族は魔王復活には興味がないからね。恐らくわざわざ王都に手は出さないんじゃないかな」

「魔王復活に興味がないって……そんな奴がいるのかよ？」

「魔族と言っても、一枚岩ではないからね。それぞれの思想がある。同じ魔王復活という目的があっても、かつての魔王軍の精鋭たちが徒党を組んでいないのがその証拠だ。中には魔王に関心を持たない魔族だっているさ」

　ファムが言った。

「その魔族はただ、狩りを愉しみたいだけだと思うよ」

「どちらにしても、悪趣味な野郎だ」

「ただ、その魔族とやらが王都に攻めてくるつもりがないにしても、狩りを続けるのなら打ち倒さなければならない」

「ええ。放っておけば被害が広がることになるでしょうから」

　エレノアはそう言うと、俺を見つめてきた。

「ジーク、あなたたちは討伐に向かうつもりなんでしょう？　だったら、私も同行してもいいかしら」

「仲間の敵討ちか？」

「そうよ」

　とエレノアは胸に手を置いて言った。

「騎士団のトップが感情に駆られて動くのは間違いだと頭では分かってる。命を最優先にしなければならないのも。だけど――」

「分かった。ならいっしょに来てくれ」

「え？」

「どうして驚いた顔をしてるんだ。お前が言い出したことだろう」

「その、てっきり反対されるものだと思っていたから……。私は手負いだし、騎士団長の立場を考えるのなら行くべきではないと」

「自分でそう理解してもなお、同行を申し出るくらいだ。俺が止めてもお前は一人で敵の下に向かうかもしれない。なら最初から同行した方がいいだろう」

それに、と言った。

「俺がいれば、お前のことを守ってやれる」

「…………」

「どうした今度は呆けた顔をして」

「い、いいえ、何でもないわ。ちょっと不意を突かれただけよ」

目を逸らしたエレノアの頬は赤らんでいた。

「胸を押さえているが――もしかして傷が痛むのか？」

「これは精神的なダメージよ。あなたに負わされた」

「俺が？」

「……ジーク、君は中々罪深い男だね」

「？」

「行きましょう。あなたがいれば恐れるものなど何もない。――散っていった仲間たちの仇を必ず討ってみせる」

こうして――。

エレノアを引き連れて、俺たちは魔族を討伐することになった。


眼下に広がる森の中、遠方の道を歩いてくる人影を見た時、フラヴィーは自分の口元が愉悦に歪んでいくのを感じていた。

――あの女だ。あの女が帰ってきた。

以前の狩りで逃がしてしまった騎士の女、それが今度は別の仲間たちを連れて、自分を討伐しようと再戦を挑んできた。

「いいねえ。嫌いじゃないよそういうの」

フラヴィーは気持ちが昂るのを感じながら獲物を見やる。

男が一人に、女が四人か。しかも女は皆、かなりの上玉だ。鴨がネギを背負ってくるとはまさにこのことを言うのだろう。

フラヴィーは狩りの中でも、女を狩るのを好んだ。

非戦闘員の、か弱い女ではいけない。

戦う女――それも腕に自信を持っている女がいい。

強い女が、為す術もなく蹂躙されていく様を見るのが何よりの愉悦だった。

それで言うと、今回の獲物は素晴らしい。満点だ。

男が一人いるが、それ以外は全員女だし、腕に覚えがありそうな者ばかり。彼女たちが絶望する表情を想像するだけでゾクゾクした。

「まずは男をサクッと仕留めて、それから女の子たちだね。中でも、あの騎士の女は最後に取っておいてあげよう」

また仲間をみすみす死なせてしまった。守ることが出来なかった。そんな自らの無力感をたっぷりと味わわせてから仕留めてやろう。

仲間たちの屍《しかばね》が転がる中、死を悟った彼女がどんな絶望の表情を浮かべるのか——それを想像するだけでも心が躍った。

フラヴィーは眼下に広がる森にいる獲物を眺めながら舌なめずりする。頭上に広がる空はこれ以上ないくらいに澄み切っていた。

「今日は良い日になりそうだ☆」

王都アスタロトからガボ村に通じる道中の森。

そこが騎士団が魔族の襲撃を受けた場所だった。

エレノアを加えた俺たち第五分隊は、森の手前まで馬車で辿り着くと、そこから徒歩で森の中へと踏み入った。

騎士として訓練を受けているエレノアと違い、衛兵の俺たちに乗馬技術はない。ファムが少し乗ることが出来るくらいだ。

「もう敵の射程範囲に入ったか？」

「恐らくはね。この森全体が狩り場だと考えた方がいい」

俺が尋ねると、ファムがそう応えた。

「いつどこから攻撃が来るか分からないというのは厄介だな。それと並行して敵の居場所も突き止めなければならない」

「相手の場所が分かっても、攻撃が届かないところにいる可能性も高いですよね」

「けっ、面倒くせえ戦いだぜ。面と向かっての殴り合いに持ち込めりゃ楽勝なのによ」

「喧嘩は互いの面子を賭けているが、戦いは命を賭けている。勝つために自分の居場所を悟らせないのは当然の戦術だ」

俺は言った。

「その中でも、敵の居場所を突き止め、仕留めなければな」

「ええ。ただ問題はどうやって索敵するかだけれど――」

「私に一つ案があるのだが」

話を聞いていたアルマがそこで挙手をした。

「これを使えば、敵の居場所を突き止められ、なおかつダメージも与えられる。我ながら革命的なアイデアだと自負している」

「随分とハードルを上げたな……」と俺は苦笑する。「というと?」

「敵の放った矢を剣で打ち返すのだ！　飛んできたのと同じ軌道で打ち返せば、打球の先には敵がいるに違いない！　――どうだ?」

「「…………」」

アルマはふふんと胸を張り、会心の出来といった顔をしていた。

しかし、彼女以外のその場にいた誰もが言葉を失っていた。いったい誰が最初に言葉を掛けるのかと互いに顔を見合わせる。

やがて、スピノザが満面のどや顔を浮かべていたアルマの肩にぽんと手を置いた。ふっと生暖かい眼差しと共に微笑みかける。

「アルマ。あたしはお前のこと、好きだぜ」

「おいなんだその可哀想なものを見る目は！　バカにしてるだろ！」

「いやいや、天才とバカは紙一重って言うだろ?」

「おおっ⁉　ということは私は天才ということか?」

「それはねえけど」

「じゃあバカではないか！」

「アイデアを出すこと自体は素晴らしいことですよ」とセイラがフォローする。「貴重なご意見ありがとうございます」

アルマは「ぐぬぬ……」と悔しそうに歯噛みしていた。

「決めたぞ。私は絶対、この戦いで手柄を立ててやる。そして皆の手のひらをくるくると返させてやろうじゃないか」

「意気込みはいいが、戦いで冷静さを欠くのは命取りになる。手柄欲しさに突っ走ったりはしないようにな」

「もちろんだ」とアルマは頷いた。

「犬にリードをつけるみたいだね」

　確かにそうかもしれない。

　その時、アルマの表情が変わった。

「――む？　今、何か音がしなかったか？」

「音？　皆は聞こえたか？」

　と俺は周囲に尋ねる。

「私は聞こえませんでした」

「あたしもだ」

「ええ。私も異変は感じなかったわ」

「僕も特には」とファムも同調しようとした時だった。「いや違う。何かが僕たちの方に近づいてきている。――上だ！」

　目の色を変えたファムが、頭上の澄み渡る空を見上げた。

　木々の葉に覆い隠されていない、吹き抜けになった部分――そこから矢の雨が俺たちを射貫こうと迫ってきた。

俺はセイラを狙おうとしていた矢の射線上に立ち塞がると、代わりに攻撃を受けた。矢の雨に全身を打たれる。

「――くっ！」

矢とは思えないほどの重い一撃。

これを食らった騎士たちの鎧が粉々に砕けたという話も納得できる。それほどの威力をこの矢は確かに有していた。

「ジークさん！　ご無事ですか⁉」

「ああ、問題ない」

だが――防御力を鍛えた俺にとっては大したダメージにはならない。これくらいで音を上げるほどやわな鍛え方はしていないからな。

「ん？　また音が聞こえたぞ！」

とアルマが声を上げる。

俺の耳では捉えることが出来ない。

だが、その数秒後――先ほどと同じように頭上から矢が降り注いできた。それら全てを矢面に立って一身に受け止める。

……やっぱりそうだ。間違いない。

「アルマが聞いた音は、敵が矢を射出する音じゃないか？」

「ええ。ジークの予想は恐らく当たっているわ」

「……僕もかなり耳は良い方だけど、それを遙かに凌駕しているとは。まるで野生児並みの聴力じゃないか」

「おおっ、よく分からないが褒められている⁉　どうだ、凄いだろう！　こう見えて私はやれば出来る子だからな！」

アルマはこれみよがしに胸を張っていた。

セイラはその姿を微笑ましげに眺めると、俺に言ってきた。

「でもこれで敵の攻撃するタイミングが掴めますね」

「ああ」

それはかなり大きい。身構えることが出来る。

「けどよお、結局、敵の居場所は分からないままなんだろ？　それじゃ攻められないからじり貧になるだけじゃねえか？」

「ふふーん。さてはスピノザ、活躍した私に嫉妬しているな？　悔しいからいちゃもんをつけようとしているのだろう？」

「うわあ、こいつ面倒くせえ～」

どや顔で詰め寄るアルマを、スピノザは蠅でも払うかのようにしっしっ、と手を振って追い払おうとする。

だが、アルマはここぞとばかりに詰め寄っていた。

その光景を見ていた時、ふと思い至った。

「いや、アルマがいれば奴の居所も突き止められるかもしれない」

「「えっ？.」」

「俺に一つ策がある。皆にも協力して欲しい」


……あの男、中々しぶといじゃないか。

フラヴィーは森を見下ろせる丘の上に立ちながら、忌々しげに吐き捨てる。

先ほどから何度も矢を食らわせているにも拘わらず、あの男は倒れない。騎士連中は一発で致命傷を負っていたのに。

攻撃を受ける案山子《かかし》としては優秀な人材らしい。

「だけど、僕が圧倒的優位の状況は変わらない。倒れるまでの時間が延びただけだ。狩りを続けさせて貰うよ」

フラヴィーの持つ魔族の目は十キロ近く離れた森の中にいる敵を捕捉できるが、人間の目ではこちらを捕捉することは出来ない。

それに射程距離は雲泥の差だ。

どんな優秀な弓手や魔法使いでもこの距離は当たらない。

フラヴィーは自らの姿を晒すことなく、一方的に攻撃を続けられる。

勝つために必要なのは負けないことだ。死ななければ負けない。死なないためには敵の攻撃を受けなければいい。

「さあて、仲間たちを守り切れるかな？」

敵に狙いを定めると、フラヴィーは矢を投じた。虹のようなアーチを描きながら、魔力の込められた矢が宙を走る。

接近に気づいたのだろう。

敵の隊は矢を避けるためにその場から駆け出した。

——残念だけど、逃がしはしないよ☆

フラヴィーが指をくいと動かすと、呼応するように矢の軌道が変わる。それは蛇のようにうねりを上げながら敵を追尾し始めた。

「——っ⁉」

——ビックリしただろう？　僕の矢の秀でた点は威力と射程範囲だけじゃない。敵を追尾して逃がさないところにもある。

まずはビキニアーマーを着た女からだ。

あれだけの軽装、一撃でも食らえばただではすまないだろう。

盾役を務めていた男は、今からでは守りにいくのに間に合わない。

——確実に仕留めた！

数秒後に待ち受ける凄惨な光景を前に高揚していたフラヴィーは、しかし不可解な現象を目の当たりにした。

「なにっ⁉」

ビキニアーマーの女に向かっていたはずの矢が、フラヴィーの意思に反して、盾役の男の方へと軌道を変えたのだ。

矢は男に受けられてしまう。

「……何が起こったんだ？」

コントロールを誤ったということはない。

明らかに恣意的に軌道を変えられた。

「ふーん、あの男のスキルかな？」

他の者に向けられた攻撃を、自分に引き寄せる。

盾役を務めているのなら持っていても不思議ではない。

フラヴィーはそれを確かめるために連続で矢を放つ。

ビキニアーマーの女、人の背丈ほどもある大槌を背負った女に向かったそれは、やはり軌道を変えられてしまった。

二発の矢は男の身体へと引き寄せられる。そして受けた。

——決まりだね。あれは奴のスキルだ。

「僕の攻撃を自分一人で受けきれる自信があるってわけか。生意気だね。いつまでその余裕が持つか見物だ☆」

奴のスキルでは、戦況は何も変わらない。

ただ倒す順番が前後するだけだ。

むしろあの男というパーティの信頼する盾役が失われた時の、女たちの絶望する様子を拝むという愉しみが出来た。

「さあ、どんどんいくよ！」

フラヴィーは次々と矢を放っていく。

それを盾役の男は全て受け止めていった。

敵の隊は辺りを見回し、索敵する様子を見せている――が、彼らの視界に留まるような距離にフラヴィーはいない。

どこにいるのか分からない敵にじわじわと追い詰められていく。真綿で首を絞められるような恐怖を味わうといい。

しばらく攻撃を加えていると、敵は駆け出し始めた。

「あはは、勝ち目がないと見て退却するのかな？　でも逃がさないよ☆　森から出る前に全員の息の根を止めてあげる」

敵を狙うことの出来る位置にフラヴィーも追って移動する。

やがて敵の隊は森の中でも拓けた場所に到着する。

そこは見晴らしがよく、フラヴィーが近くに潜んでいると思っている敵が、遮蔽物さえなければ見つけられると踏んだのだろう。

だが、それは大きな勘違いだ。フラヴィーは森の中にはいない。それどころかそこは丘の上から狙撃するには絶好のポイントだ。

もちろん、向こうは気づいてはいないだろう。

敵の盾役の男はかなり消耗しているように見える。

もう数発も食らわせれば、倒すことが出来るだろう。

「追いかけっこは終わりだよ。ここで仕留めてあげる」

フラヴィーがトドメを刺すため、力を込めた矢を放とうとした瞬間だった。

「――そうだね。追いかけっこはもうおしまいにしよう」

ピタリ、と。

背後から首筋に冷たいナイフの感触が押し当てられた。

「……え？」

予想だにしない声に、背筋が凍り付いてしまいそうだった。

自分の影が顕現して声を掛けてきた――思わずそう錯覚しそうになるほど、この距離になるまで全く気配に気づけなかった。

首筋にナイフの切っ先を当てられた状態で、眼球だけを背後に向ける。

そこには黒装束に身を包んだ、銀色の髪の小柄な女がいた。彼女は騎士の女や盾役の男といっしょにいた者の一人だ。

その隣には、以前討ち漏らした女騎士の姿もあった。

そういえば途中から姿が見えないと思っていた。

逃げ出したのかと思っていたが、索敵に回っていたのか。

あの盾役の男に気を取られていたせいで気づかなかった。奴のスキルによってフラヴィーの意識は強制的に。

しかし――。

「……どうして僕の居場所が分かったの？」

「仲間に耳のいい子がいてね。君が矢を放つ音が聞こえたんだ。射出してから着弾するまでの時間と、飛来する時の角度からおおよその場所を割り出した。僕の通信魔法で仲間から情報を聞きながら範囲を絞っていった」

銀色の髪の女は声色を変えずに言う。

「君が丘の上に潜んでいるのは分かったが、詳細な位置までは分からなかったから。君をこの場所におびき出すことにした」

「……僕を誘い込んだのか」

「君の居場所を突き止めるには、何度も矢を放って貰う必要があった。うちの隊長が身を挺してくれたおかげで遂行できたよ」

銀色の髪の女はふっと薄く笑みを浮かべた。

「――チェックメイトだ」

追い詰めたと思っていたら、追い詰められていたのは自分だった。

……痛恨のミスだ。

「……一杯食わされたよ。背後に立つまで気づかせない君の隠密行動も見事だった。この僕がまさか追い詰められるとは」

フラヴィーは観念したというように両手を挙げる。

「あなたに倒された仲間たちの仇、討たせて貰うわ」

女騎士が鋭い眼光で見据えてくる。

「はは。美女にそこまで想われるなんて、嬉しいなあ」

フラヴィーが笑いながら言うと、女騎士の怒気が深まるのが分かった。煮えたぎる感情に栓をしながら彼女は低い声で尋ねてくる。

「ねえ、一つ聞かせて。あなたはなぜ、人間たちを襲うの」

「理由なんて別にないよ。君たちが鹿や鳥を狩る時と同じさ。自分の弓の腕前を試すのが愉しいんだよ。分かるだろ？」

フラヴィーはそう言うと、ああ、と思い出したかのように、

「鹿や鳥と違って、人間は言葉を話してくれるからね。命乞いや泣き叫ぶ声が聞けるだけ他の動物より狩っていて愉しいかな」

「……そう。分かったわ。あなたたち魔族はやっぱり、私たちとは違う。分かり合うことなど出来ないのだということがね」

優位だったはずの盤面の形勢はひっくり返されてしまった。

だが、このまま終わるわけにはいかない。

狩る者と狩られる者が入れ替わることはあってはならない。

絶体絶命の状況で、フラヴィーは懸命に頭を働かせる。詰む寸前の状況を打開するために思考をフル回転させる。

何か、何かないか――。

その時、フラヴィーは小柄な女の纏う気配の中に、魔の気配を感じた。

「……あんた、純粋な人間じゃないね？　魔族だろ」

「……よく分かったね」

やはりだ。

フラヴィーは思わずほくそ笑みそうになるのを堪えた。それはまるで闇の中に差し込む一筋の光明のように思えた。

「そりゃ分かるさ。僕たちは同族なんだからね」

付け入る隙があるとするならここだ。

慎重に、相手を刺激しないように進めなければ。

「ねえ。こっちに付かないかい？」

「……僕に裏切れということかい」

「ああ、君がこっちに寝返ってくれれば戦況をひっくり返せる。この女騎士を倒し、僕を仕留めたフリをして仲間たちの下に戻るんだよ。僕の狙撃能力と君の隠密能力。僕たちが力を合わせればどんな相手にだって負けやしないさ」

それに、とフラヴィーは唆すように言う。

「人間はいつか必ず君のことを裏切るよ。さっき、そこの彼女も言っていただろ？　人間と魔族が分かり合うことは出来ない。僕もそう思うよ。君は魔の者だ。いずれ人間たちに敵意を向けられる日が必ず来る。何もせずにいたら裏切られるんだ。だったら先にこちらから裏切ってやった方がいい」

「……うん。そうかもしれないね」

よし！　食いついた！

畳みかけるようにフラヴィーは声を高くする。

「そうだよね！　じゃあ――」

「だけど、僕は今の仲間たちを裏切るつもりはない」

誘いをぴしゃりと撥ねのけられ、フラヴィーは息を詰まらせた。苛立ちを出さないよう声の抑揚を抑えながら尋ねた。

「……どうしてかな？」

「僕はこれまで、散々他人を裏切り続けてきた。だからいい加減疲れてしまったんだ。もう誰かを裏切るような真似はしたくない」

人間と魔族のハーフの少女の話は、フラヴィーも耳にしたことがあった。その女は生き延びるために、魔族の手先としてスパイ活動に奔走していた。人間たちの中に紛れ込んでは魔族に情報を流し、人々を欺《あざむ》き、裏切ってきた。

恐らくは——それが目の前にいる彼女なのだろう。

「それに」

と呟いた銀髪の女は薄い微笑みを浮かべた。それは様々な葛藤の果てに、自分の答えを見つけた者だけが浮かべられる表情だった。

「僕は知ってしまったんだ、人を信じることの心地よさを」

その表情を目の当たりにした瞬間、フラヴィーは悟った。とても彼女の意思をひっくり返すようなことは出来ない。

他人の表情から、感情を読み取ることに長けているフラヴィーだからこそ分かる。

彼女は今、人間に完全に心を許してしまっている。

「……あはは。フラれちゃったなあ」

フラヴィーは自嘲するように乾いた笑みを浮かべる。

「僕は今まで、女に振られたことなんてなかったんだけど。君がそこまで信頼を置く人はよほどの器なんだろうね」

「うん。彼は凄い人だよ」

「参ったよ、僕の負けだ」

フラヴィーは降伏の意思を示すように両手を挙げた次の瞬間、

「——なんてね！」

弾かれたように振り返ると銀色の髪の女を不意打ちしようと試みる。

ただで終わるわけにはいかない。

一人くらいは道連れにしてみせる。

しかし、それよりも早く女騎士が動いていた。真横に振り抜いた一撃はフラヴィーの首を横一文字に切り裂いた。

「……っ⁉」

「裏切ろうとする者の思考回路は、手に取るように分かるよ」

僕もかつてはそうだったから、と銀髪の女が小さく呟くのが分かった。

地面に首が落ちる寸前、フラヴィーの頭の中にふと、チェスの盤面が浮かび上がった。

敵の陣地には多くの駒がある。

しかし、自軍にはキング——フラヴィー以外の駒は一つとして置かれていない。

——そういえば、僕には一人も仲間がいなかったな。

キングの駒が相手に詰まれるのと同時に、浮かんでいた映像がぷつりと途切れた。意識は永遠の闇の底に沈んでいった。

第五話　束の間の休暇

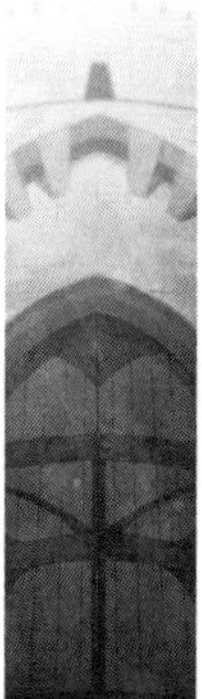

森を狩り場にしていた魔族を討伐した俺たちは王都に戻った。

報告を終えるとボルトンが休暇を取るように勧めてきた。

俺は別に必要ないと言ったのだが——。

「今回の戦いでかなり消耗しただろ。休める時にちゃんと休んどけ。お前にはこれからも働いて貰わにゃならんからな」

ということで休養を取るように命じられた。

急に休みを与えられても何をしていいか分からない。

鍛錬も禁じられている。

寮の部屋に籠もっていては気が滅入りそうなので外に出ることにした。

王都を散歩でもするか……。

空は雲一つなく晴れ渡り、通りには人が行き交っていた。雑踏に紛れながら歩いていると隣に誰かが並び立ってきた。ビキニアーマーを身につけている。

この王都で——というよりは世界全体で見てもそんな装備の者は多くない。少なくとも俺は彼女以外には見たことがない。

「ジークさん、お散歩ですか？」

「セイラか。まあそんなところだ」

「ジークさんの私服姿、珍しいですね」

「ああそうか。普段は鎧姿だからな。だが、私服姿は地味すぎる、もうちょっと服装に気を使えとボルトンに言われた」

「ボルトンさんは意外とおしゃれですからね」

「俺は服なんて着られれば何だっていいのだが。というか、セイラはなぜビキニアーマーを着ているんだ？　今日は非番だろう」

「非番の日でも、街にトラブルが起きるかもしれませんから。何が起こっても対応できるようにしておきたいんです」

　大した職業意識の高さだ。

　というよりは、人のためになりたいという彼女自身の信条か。

「それで今日は何をしてたんだ？　まさか見回りでもしてたのか？」

「いえ。ボルトンさんには休養するよう命じられていますから。そこは守ります。教会に顔を出しに行っていました」

「教会か。子供たちは元気だったか？」

「はい。とっても元気にはしゃぎ回っていました。かくれんぼをしたのですが、皆隠れるのが上手で見つけられなくて」

　セイラは教会の身よりのない子供たちとよく遊んであげていた。少ない衛兵の給料から少なくない額の寄付もしているらしい。

少しでも人々の助けになりたいという一心からだそうだが……聖女のような振る舞いには頭が下がってしまう。

俺も見倣わなければ。

「ただ、一つ悩みもありまして」

「悩み？」

「最近、教会の男の子の一人が私によそよそしくなってしまいまして。目が合ってもすぐに逸らされてしまうんです」

「ほう」

「私は嫌われるようなことをしてしまったのかなと」

俺も以前、教会に顔を出したことがある。

セイラは子供たち皆に好かれていた。嫌われているようには見えなかった。だとすると何か思い違いがあるのかもしれない。

「ちなみにだが、セイラはその格好で教会に？」

「いつもそうです」

「その男の子とやらは、年はいくつくらいだ？」

「先月で十歳になったそうです。教会でささやかなパーティを開きましたから。私も皆といっしょにお祝いしました」

「なるほどな。その男の子はセイラだけじゃなく、教会の女の子やシスターに対しても棘のある言動をしていないか？」

「ジークさん、よく分かりましたね⁉　その通りです。男性には今まで通りなのですが女性には素っ気ないのです」

　セイラは「中でも私に対しては特にそうなんです。だから嫌われているのかと……」と補足するように言葉を付け足した。

「なら心配する必要はない。それは思春期だ」

「思春期……ですか？」

「ああ。異性を意識するあまり、素直になれないでいるのだろう。セイラのことも嫌いになったわけではない」

「でも私にだけ特に素っ気ないのは？」

「特別意識しているということだろうな」

「⁇　なぜでしょう？」

　本当に分からないというふうに小首を傾げるセイラ。

　一度、自分の姿を鏡で見てみろという言葉を寸前のところで呑み込んだ。

　多感なお年頃の男子にとって、女性のビキニアーマー姿というのは劇薬であり、大変に刺激的であろうことは容易に想像できる。

　ましてセイラは中々お目にかかれないほどの美人だ。

彼女がビキニアーマーに身を包み、無防備に接しようとしてくるものだから、キッズには致死量の刺激になるだろう。

その男の子の心中、お察しする。

「この後は予定もないので、ご一緒してもよろしいですか？」

「散歩するだけだが、それでも構わないのなら」

セイラと共に王都の中をとりとめもなく歩いていると、日頃彼女の世話になっている街の人々がしきりに声を掛けてきた。

しばらくして広場に着いた時、そこには見知った者の姿を見かけた。

アルマだ。

アルマの周りには街の子供たちが集まっている。彼女が高らかに何か話す度、子供たちが黄色い歓声を上げていた。

「アルマの奴、何をしてるんだ？」

「さあ……？」

そこでアルマが俺たちの姿に気づいた。

俺とセイラが二人でいるのを見ると、はっと感づいたように目を見開いた。

「なっ――!?　ジークとセイラがいっしょに……!?　やはりそうか！　お前たちは私に隠れて付き合っていたのだな!?」

アルマはそう言うと、くっ……と複雑そうな表情を浮かべながら、

「正直、まだ完全に呑み込むことは出来ていないのだが……まずは同僚としておめでとうの言葉を言わせてくれ」

「言わんでいい。前も言ったが、付き合ってはいない」

と俺は認識を訂正する。

「男女が二人でいるだけで恋仲だと思い込むのは早計だ」

「え？　そ、そうなのか？」

「ああ。……というか、お前は色恋沙汰に興味津々だな」

「べべべ、別に興味などないが!?　誰と誰が付き合おうが知ったことではない！　当然私も恋愛には関心がないぞ!?」

明らかに興味があるが、強がっているという反応。

まるで思春期の男子のようだ。

教会の男の子と良い勝負が出来るかもしれない。

「まあ、そういうことにしておこう」

と俺は話題を変える。

「それより、随分子供たちとの話が盛り上がっていたな？」

「何の話をされていたのですか？」

「ふふん！　よくぞ聞いてくれた！」

アルマはにやりと得意げに笑った。

「先日の森での魔族との戦いに子供たちは関心があるようでな。その時の戦闘の様子を皆に語って聞かせてやっていたのだ」

騎士団が敵わなかった森を狩り場とする魔族――フラヴィーを俺たちが討伐したという一報はすでに王都中を駆け巡っていた。

問題児揃いと揶揄された第五分隊だが、以前のグレゴールの一件と、今回のフラヴィーの討伐により評価が上がったようだ。

街を歩いている時に労いや感謝の声を掛けられることも増えた。俺たちがいれば王都は安泰だと思って貰えているなら良いことだ。

「お兄さんたちは、アルマお姉ちゃんの子分なんでしょ？」

アルマの聴衆だった一人の少年が声を掛けてきた。

「え？　子分？」

「アルマお姉ちゃんが言ってたよ。第五分隊は皆、私の子分なんだって。私がいないと何も出来ない世話の掛かる連中なんだって」

少年が言うと、少女が追随するように言う。

「森で魔族を倒せたのも、アルマお姉ちゃんの大活躍のおかげなんでしょ？　私がいないと今頃皆の命もなかったって言ってたよ」

「…………」

俺とセイラは思わずアルマの方を見やった。

「な、なんだ？　別にウソは言っていないぞ？　私がいなければ、敵の居場所を突き止められなかったのは事実だろう？」

「まあそれはそうだが、俺はお前の子分になった覚えはないぞ」

「私がそう思っているというだけだ。主観は自由だからな！」

「こいつ、開き直ってるな……」

俺が呆れていると、スピノザが広場に姿を現した。

「おーい、アルマ。てめえ、街中で吹きまくってるらしいな。あたしはいつの間にお前の子分になったんだよ？」

「街中に言って回っていたのか……。よくここまで大々的に喧伝《けんでん》できるもんだ」

俺は言った。

「活躍というのは普通、自分以外の他者が言うから格好良く聞こえるのだろう。全部自分で言ってしまってどうする」

「いいや！　黙っていては誰にも気づいて貰えないからな！　私は自分の功績はこれでもかというほどアピールしていくぞ！　皆に褒めて貰いたいからな！　ちやほやされるためならどんな恥をも忍ばない！」

いっそ清々しいほどの自己顕示欲だった。

子供たちはすっかり信じ込み、アルマに尊敬の眼差しを向けていた。彼らの目には第五分隊はアルマと愉快な仲間たちに映っていることだろう。

「仕方のない奴だな……」

「でもアルマさん、街の人たちからの評判は良いみたいですよ。調子は良いけど、仕事に対する姿勢は誠実だって」

「ふふん。そうだろうそうだろう」

「というかお前、記憶の方はどうなったんだ？」

「む？」

「自分の名前以外、何も思い出せないと言っていただろう。王都で過ごす中で少しは何か思い出したりしたか？」

「いや、特には何も」とアルマは言った。「というか、今言われるまで自分が記憶喪失だということを忘れていた」

「お前なあ……」

「刺激を与えてやれば、ちっとは思い出すんじゃねえか？　よし、あたしがあんたの頭をぶっ叩いてやるよ」

「おい待て！　スピノザ、早まるな！」

「そうですよ。叩いてもアルマさんの記憶が戻るとは限りません。むしろ今までの記憶が消えてしまうかもしれませんよ」

　スピノザが拳を固めたところを、セイラが慌てて止めに入った。

「それにアルマさんは王都の暮らしに随分と馴染んでいるようですから。ムリに思い出す必要はないと思います」

今やアルマはすっかり王都の暮らしに溶け込んでいた。

住民たちとも打ち解けて、良好な関係を築けているようだ。

セイラの言うとおり、ムリに記憶を思い出す必要はないのかもしれない。

素直で騙されやすく、褒められたがりの見栄っ張り。

けれど、その仕事ぶりは誠実で、街の住民たちからは信頼されている。

そして食べることが何よりも好き。

今までの自分を失っても、今王都で暮らしているアルマの姿は、彼女の本質であることは間違いないのだから。

第六話　突然の襲撃

国外の領地と国内を隔てる大河に架かったミレオン大橋。

俺たち第五分隊は騎士団と共同でその警備にあたっていた。

——だが、いつもいるはずの隊員たちに欠けが出ていた。

アルマとセイラは今日、別の任務に出ていた。

というのも……。

「まさかアルマが分隊長候補になるとはなあ」

とスピノザがしみじみと呟いた。

現在、衛兵団の分隊長には一人空きが出ていた。

ボルトンはそれをアルマに任せようと考えたらしい。

分隊長としての適性を確認するために、今日、アルマを分隊長とした別の隊が俺たちとは異なる任務にあたっていた。

「街で広まってたアルマの評判を聞いて、ボルトンがその気になったらしい。強いと評判のアルマを分隊長にすれば、街の連中も安心するだろうと」

「元々彼女の実力は申し分なかったからね。ああ見えて意外と指揮も出来る。能力だけを見るとかなり優秀な人材だよ」

とファムが言った。能力だけというのは含みがある気もするが……。

「つーか、なんでセイラもいっしょなんだよ」

「お守り役だそうだよ。彼女は誰とでも上手くやれるからね。アルマと衛兵が揉めた時に場を取りなすことが出来る」

「やっぱデカいおっぱいを見ると落ち着くもんなあ」

「いや、そういう意味じゃない……」

「コミュニケーション能力の話だろう。王都でセイラを悪く言う者はいない。皆が彼女のことを慕っているからな」

もし隊内が揉めたとしても、彼女がいれば瓦解を防ぐことが出来る。

そういう意味でも第五分隊におけるセイラの役割は大きい。俺一人では問題児ばかりの隊をまとめるのは正直しんどい。

「お前たちは出世には興味はないのか？」

俺が何気なくそう尋ねると――。

「……うふふ。僕が人を率いることが出来ると思うかい？　コミュ障なのに。まともに人の目を見ることも出来ないのに」

「自慢げに言うな」

「それに僕は君につくと心に決めているからね。たとえ君が衛兵団を辞めようと、僕は君に生涯を捧げる所存だよ」

「重いなこいつ」

とスピノザが呆れたように言う。

「君が軽すぎるんだよ」

ファムはまるで気にした様子もなくそう返す。

まあ、こんなに慕って貰えているというのはありがたいことだ。信頼を裏切らないように俺も精進しなければな。

「ま、あたしも人を率いるってのはパスだな。責任負いたくねえし。自由気ままに暴れる方が性に合ってる。負うのは借金だけで充分だぜ」

「負うなよ、借金も」

「な、なんだあれは⁉」

その時だった。

大橋の監視塔にいた騎士が慌てた様子で叫んだ。

何が起こったんだ——と思った時だった。

呼び笛の音色が空を突くように高らかに鳴り響いた。

「敵襲だ！　敵襲！」

魔物だろうか？

だが、どれだけの群れで攻めてこようと、俺たちがいる限りここを通しはしない。一匹残らず返り討ちにしてやろう。

そう冷静に闘志を高めていた俺だったが、しかし、監視塔に立つ騎士が次に叫んだ言葉は予想外のものだった。

「敵は魔物じゃない！　軍隊だ！」

――軍隊だと？

しばらくすると、前方に人影が浮かび上がってきた。

彼らは鎧に身を包み、手には剣や槍を持ち、陣形を展開しながら迫ってくる。巨大な壁が近づいてきているかのようだ。

軍隊の数はパッと見ただけでも数千人はいるだろう。後ろに控えている者も含めると万を超える規模になるかもしれない。

しかし、何より俺が信じられなかったのはだ。

鎧を身に纏い、武器を手に進軍してくるのが魔物ではなく人だったことだ。人が俺たちの国土に侵攻しようとしている。

「奴ら――ソーサラー王国の軍隊だ！」

傍にいた騎士の男が呟くのが聞こえた。

「ソーサラー王国というと……」

「アスタロトの東側にある周辺諸国だ。剣聖と称される王が統治している。うちの国とは良好な関係を築いていたはずだ」

騎士の男はそう言うと、

「だが、あんなに兵を引き連れてどういうつもりだ？」

「さあな。だが、少なくとも良い報せではなさそうだ」

不穏な気配がひしひしと伝わってくる。

それは他の連中も同じなのだろう。顔が強ばっていた。

俺たちは大橋の上に立つと、警戒態勢を取る。

「おいお前たち、止まれ！　ここからはシルベスタ王国の領土だ！　許可なしに大橋を通過することは出来ない！」

監視塔に立っていた騎士が制止の声を上げる。

しかし、その間にもソーサラー王国の軍隊は進軍し続けていた。

警告が聞こえていないのか、そもそも聞く耳を持っていないのか。

やがて――。

彼らは監視塔の騎士に向けて矢を放ってきた。

「――っ⁉」

咄嗟に身をかがめたことにより、監視塔の騎士は矢の直撃は避けられた。

いくつもの矢が石壁に跳ね返される。

だが、少なくともこれでハッキリとした。

向こうの軍隊は敵意を持っている。警告が聞こえていないわけじゃなく、聞こえた上で無視しているのだ。

「……彼らの目、普通ではないね」

軍隊を眺めていたファムが呟いた。

「洗脳されているのか？」

「……分からない。だけど、僕たちに対する強い憎しみを感じる」

「どちらにしても、奴らがここを押し通ろうとしているのは間違いない！　ミレオン大橋を取られてしまうのはマズいぞ！」

「なら、防ぎきるしかないな」

俺がそう言うと、狼狽した騎士の男が叫んだ。

「どうやって⁉　向こうは少なくとも数千以上の規模の軍隊だ！　それに比べて我々は百人にも満たないんだぞ！」

「奴らが領土内に侵攻するためには、この大橋を渡る必要があるのだろう。これだけの幅なら陣形は展開できない」

平原であれば大規模な陣形を展開されて押し込まれてしまうが、大橋は道幅が狭いために陣形を展開することが出来ない。

「だったら、食い止めることは出来るはずだ」

東側から国内の領土に侵攻するためには大河を越える必要があり、そうしようと思うとこの橋を渡りきる以外に方法はない。

つまり——奴らをここで食い止めれば防ぎきれる。

俺たちの後ろではたくさんの人たちが暮らしている。突破されてしまったら、彼らの命が失われてしまうことになる。

普段、門番をしている時と同じだ。やることは変わらない。俺はただ、自分の任された場所を守り抜くだけだ。

俺は橋の最前線――敵軍の進路を塞ぐように立った。

「おっしゃ、一暴れしてやっか！」

「援護は任せて欲しい」

スピノザとファムも俺の傍に立つと臨戦態勢に入った。

「そうだ、俺たちにはジークがいるんだ。ゴブリンたちと戦った時を思い出せ！　あいつの防御力があれば何とかなる！」

「これ以上、騎士団の面目を潰してたまるか！」

騎士たちも戦う覚悟を決めたようだった。

おおっ、と雄叫びを上げながら剣を天に向けて掲げ、自らを奮い立たせている。全体の士気が高まっているのを感じた。

「心配するな。お前たちのことは俺が守ってやる」

俺がそう言うと、騎士たちが信頼の目を寄せてきた。

ソーサラー王国の兵士たちが迫ってくる。

騎士団と衛兵団が結束し、迎撃にあたる。

「くっ！　こいつら、重装歩兵か！　攻撃が通らない！」

敵の前線には厚くて重い装甲に身を固めた重装歩兵たちがいた。その高い防御力の前に騎士団たちの攻撃は中々通らない。

「あれだけ装備が厚いと、さすがに矢も通らないね。鎧の継ぎ目を狙えば傷を負わせることは出来るだろうけど、倒すことは難しい」

ファムの放った矢も弾き返されてしまう。

「魔法使いがいれば攻撃が通るのだと思うけど。生憎、騎士団にも僕たちにも魔法の心得がある者はいないね」

「あれ？　お前この前、魔法使ってなかったか？」

とスピノザが尋ねる。

「通信魔法みたいな補助的なものなら少しは使えるけど、攻撃魔法は持っていない。僕はあくまでも弓使いだからね」

「ハルナを連れてくればよかったな」

俺はそう冗談を飛ばすと、

「だが、重装歩兵は厄介だな。背後に弓手や魔法使いが控えている。このままだと奴らのされるがままになってしまう」

「一度突破して中に切り込むことが出来れば陣形も崩せるだろうけどね。ただ、並大抵の力では超えられないだろうけど」

「あたしに任せとけよ」

スピノザが自分の顔を親指で指しながら名乗り出る。

「スピノザ、行けるのか？」

「昨日、カジノで派手に持ち金を吸っちまってよ。むしゃくしゃしてるんだ。あれくらいの盾なら楽勝でぶち抜いてやらあ」

「それは頼もしいな」

スピノザの大槌であれば、重装歩兵も突破できるかもしれない。

「よし。俺が奴らの攻撃を引きつける。その隙に切り込んでくれ」

「おうよ！」

前線を固める重装歩兵の盾に守られた敵軍の弓手や魔法使いたちが、一斉に遠距離攻撃をこちらに向けて放ってきた。

「……ジーク！　来たよ！」

「よし――アイアンターゲット！」

スキルを発動させると、敵の攻撃は全て俺の下へと集約された。放たれた矢や攻撃魔法が豪雨のように降り注いでくる。

その間、他の場所には晴れ間が広がっていた。

「今だスピノザ！　切り込め！」

スピノザが猛攻の止んだ凪のような戦場を駆ける。

正面に相対する重装歩兵が巨大な盾を構え、防御姿勢に入る。

スピノザは背負っていた人の背丈ほどもある大槌を軽々構えると高らかに跳躍し、勢いのままにそれを振り抜いた。

「あたしの一ヶ月分の給料の仇だぁあああっ！」

フルスイングされた大槌は重装歩兵の構えた盾を軽々とぶち抜くと、着ていた鎧までも貫通して身体ごと吹き飛ばしてしまった。

カジノで擦った金の仇という完全なとばっちりを受けて飛ばされた重装歩兵は、後方の弓手や魔法使いたちを巻き込んでなぎ倒す。

空いたところからスピノザは中央に切り込むと、前線を守っていた重装歩兵たちの背後に回り込むことに成功する。

背後に回られては、重装歩兵の装備も大した意味をなさない。

スピノザは次々と彼らを叩き潰していった。大立ち回りを繰り広げるその姿はさながらバーサーカーのようだ。

「俺たちもスピノザの後に続け！」

スピノザが突破して敵の陣形を崩したおかげで隙が生まれた。そこに乗じるように騎士たちも負けじと果敢に突撃する。

だが――。

「くっ……！　あまりにも数が多すぎる！」

「いくら倒してもこれじゃキリがねえ！」

自軍と敵軍では数の差がありすぎた。

「それにこいつら、負傷してもまるで退く気を見せねえ。捨て身が過ぎるだろ！　死ぬのが怖くないのかよ？」

敵軍は鬼気迫る勢いで押し寄せてくる。単なる敵意ではない、俺たちを絶対に滅ぼそうという強い意志の力を感じた。

「このままだとじり貧だ。いずれ押し切られるぞ」

最初は勢いが良かった自軍だが、時間と共に戦況が押し戻されてくる。戦いにおいての圧倒的な数の差は覆しがたい。

「……ジーク、どうする？」

ファムが俺に尋ねてきた。

正攻法で真っ向から戦っても勝ち目はない。

だが、退くわけにはいかない。

圧倒的な数の差を覆すためには……。

「俺に一つ策がある。そのための仕込みはすでに済んだ。——ファム、お前の通信魔法の力を借りるぞ」

「分かった」

ファムが俺に通信魔法を掛けてくれたことにより、俺が発する声は戦場の真っ只中でも味方中に聞こえるようになる。

『全員、俺の後ろに退却してくれ！』

「⁉」

そう呼びかけると、騎士たちの間にざわめきが走った。

「このタイミングで退却だと？　何を考えてるんだ」

「まさか勝負を投げたのか？」

「ジークが言うからには、何か策があるんだろうよ。おらっ、とっとと戻るぞ！　あたしがしんがりを務めてやっから」

自軍の騎士たちが背を向けて退却してくる。

追いかけてくる敵兵たちをスピノザやファムが食い止めていた。

――よし、全員戻ったな。

自軍の全員が俺の後ろに退いたことを確認すると、追撃しようと迫ってくる敵兵たちと相対するように最前線に立った。

「よっしゃ！　ジーク、頼むぜ」

「君ならきっと、戦況をひっくり返せる。僕はそう信じているよ」

「任せておけ。――ペインリバース！」

ペインリバース――それは受けたダメージを攻撃力に変換するスキル。

今回の戦いにおける俺の蓄積ダメージは相当なものだ。これらを全て攻撃力に変えた一撃を放つことが出来れば……。

「ゴブリンの巣穴を塞ぐ時に使ってたスキルか。なるほど、圧倒的な攻撃力で敵軍を一網打尽にするわけだな」

とスピノザが言った。

「いや、狙うのは敵兵じゃない。敵軍は万単位の数だからな。一撃で全員を戦闘不能にするのは難しいだろう」

「あ？　ならどうやって――」

「要はここを通さなければいいのだろう？　なら戦う必要はない。奴らが侵攻するための通り道を破壊してやればいい」

俺はスキルを発動させ、体内のダメージを攻撃力に変換する。

そしてその攻撃力を剣に込めると、一気に放った。

敵軍にではなく――眼下にある舗装された橋に向けて。

「はあああっ！」

今までに受けた敵兵の剣や槍、矢や攻撃魔法をそっくりそのまま返してやる。その威力はこの橋を破壊するに充分足るはずだ。

橋の地面に向けて、横一文字に線を引くように剣を振るった。

衝撃波が起こり、石で出来た大橋が中央から真っ二つに寸断される。

「うあああああ⁉」

「地面が崩れるッ……‼」

足下の地面が瓦解し、崩壊に巻き込まれて大河に落ちていく敵兵もいれば、慌てて後方に引き返していく敵兵もいた。

戦場は阿鼻叫喚《あびきょうかん》の渦に包まれる。

やがて揺れが収まった時、俺たちのいるこちら側と、敵軍のいる向こう側の間には到底越えられない溝が生まれていた。

「これでは進軍できない……！」

東側から大河を越えて領地に侵攻するには、ミレオン大橋を越えるしかない。

だが、今その橋は落ちてしまった。

「……っ！　退却だ！」

進軍する道を失ってしまった敵軍は退却するしかない。

敵軍は引き返していった。

「あの規模の軍だ。迂回をしようにも資源が足りないだろうからな。今日のところは自国に大人しく帰るだろう」

「しっかし、まさか橋ごと壊しちまうとはなあ。ジーク、あんた規格外すぎるぜ」

「……防御力だけじゃなく、とうとう攻撃力まで手に入れてしまうとはね。君の成長速度には驚かされるよ」

スピノザとファムは感嘆したように呟いていた。

落ち着いたところを見計らって、騎士たちが声を掛けてくる。

「危ないところだった。お前たちがいなかったことを考えるとぞっとする。身を挺して俺たちを守ってくれたこと——感謝する」

「構わないさ。それが俺の仕事だからな」

「あんたって奴は……本当に驕《おご》らないな」

「ジークがいれば、どんな敵が来ようが恐れるに足らないぜ」

俺の存在が皆の士気を高めているのなら、それは嬉しい。騎士たちの声に応えるように笑みを浮かべると、気を引き締めるためにも皆に告げる。

「だがまだ終わったわけではない。奴らはきっとまた攻めてくるだろう。それまでに対策を講じなければな」


王都に戻ると俺たちは大橋での出来事を報告した。

ボルトンやエレノアに伝えた情報は、すぐさま城にいる王族たちにも伝えられた。街の住民たちには不安を煽ることになるからと秘されることに。

詰め所の団長室——ボルトンが葉巻を吹かしながら苦々しげに呟いた。

「まさかソーサラー王国が戦争を仕掛けてくるとはな……厄介なことになったもんだ。今は人間同士で内輪揉めしてる場合じゃねえだろうに」

机の上に置かれた灰皿には葉巻の吸い殻がうずたかく積み上げられている。内心焦燥しているのが見て取れた。

「だがお前ら、よく食い止めてくれたな。ミレオン大橋を突破されてたら、今頃取り返しのつかない事態になってただろう」

「とは言え、橋は壊してしまったが……」

「橋が壊れたのは痛いが、奴らの侵攻を許すよりはマシだ。橋はまた直せばいいが人命はそういうわけにもいかんからな」

「ボルトンの言う通りよ。あなたたちは最善の判断をした。被害を最小限に抑え、敵軍を退却させたのだから。これ以上ない戦果よ」

　エレノアが言った。

「ソーサラー王国からの距離を考えると、再びアスタロトに攻めてくるまでにはそれなりの準備期間が必要になるはず。時間が稼げるわ」

「だが、奴らはいったい何が目的なんだ？　この国の資源は微々たるもんだし。わざわざ危険を冒して侵略する価値なんざねえはずだ」

　ボルトンは新しい葉巻に手を付ける。灰皿に積み上げられていた不健康な山の標高がまた一段とかさを増した。

「他国になくて、この国にだけあるものって言えば――光のオーブか？」

　スピノザが何の気なしに呟いた。

「バカ言うな。山賊や盗賊ならまだしも、国が光のオーブを狙う理由なんざあるかよ。あんなもんは持ってる国に災いしか呼ばないんだからよ。もし欲しいって言うんなら、わざわざ戦争なんて吹っ掛けてこなくとも喜んで譲ってやるよ」

「じゃあ、いったい何だってんだよ」

「そこは気になるところね。ソーサラー王国は好戦的な国ではない。むしろ他国との調和を重んじる国だったはずだし」

「戦ってる感じだとそうは思えなかったけどな」とスピノザが言った。「奴ら完全に蛮族の目をしてやがったぜ」

「そうだね。敵を倒すのではなく、殺すための目をしていた」

　ファムもその意見に同調する。

　魔族との戦いとは違い、人間同士の戦争は基本、むやみに敵を殺したりはしない。負傷させて退かせることが出来ればそれで充分だ。

　しかし、ソーサラー王国の軍隊は皆が殺意を漲《みなぎ》らせていた。俺たちを殲滅してやろうという確固たる意思を感じた。

「いずれにしても、ここであれこれと思索を巡らせていても答えは出ないわ。どうせなら直接聞きに行きましょう」

「直接聞きに？」

「あなたたちの戦闘で何人か捕虜を連れ帰ってきたでしょう？　なら、彼らに聞けば事情が分かるんじゃないかしら」

ミレオン大橋での戦いにて敵国の捕虜を数人連れ帰っていた。

彼らは今、王都の牢獄に留置されているのだとか。

エレノアに連れられ、俺とスピノザとファムが牢獄に移動する。

「そういや、アルマたちはまだ帰ってきてねえのかよ」

「もうそろそろ戻ってくるはずだから、戻り次第、こちらに合流するとボルトンがさっき言っていたじゃないか」

「あー。そうだっけ。聞いてなかったわ。人の話聞くの苦手なんでな」

「……戦場ではそのようなことがないように頼むよ。君が指示を聞いていなかったせいで被害を被ることになるのはごめんだ」

「それにしても、ここに来るのは久しぶりだな」

俺は前方にそびえる牢獄の建物を見上げながら呟いた。

以前、グレゴールの策略によって光のオーブ盗難の冤罪《えんざい》を着せられた時、俺はこの牢獄にぶち込まれることとなった。

「ちなみに牢獄が始まって以来、脱獄に成功したのはあなたが初めてだそうよ。難攻不落の監獄を攻略したとあって、囚人たちの英雄になっているみたい」

「囚人たちに称えられても素直には喜べないが」と俺は言う。「それにあの時はファムの助けがあったからな」

「よく言うよ。君は自分の力で牢をこじ開けて、跳ね橋を下ろしてみせたじゃないか。僕がいなくても脱獄できていたよ」

「ここは迷宮のように入り組んでいるから。一人だと迷って出られなかっただろう。お前の道案内のおかげだ」

「……なるほど、そういうことか」とファムは得心した。「うふふ。じゃあ素直に君の役に立てたことを喜ぶとしよう」

入り口の跳ね橋を下ろして貰うと、俺たちは監獄の中に足を踏み入れる。薄暗い牢獄内には陰鬱な空気が蔓延していた。

「捕虜たちが聞いたことに素直に答えてくれるとは思えねえけど」

スピノザが頭の後ろに両手を組みながら言った。

確かに自国の情報を漏らそうとはしないだろう。

「その点なら問題ないわ。牢獄には優秀な拷問官がいるから。彼女の手に掛かればどんな情報も洗いざらい吐かせることが出来る」

ん？　優秀な拷問官？

何だか聞き覚えのある話のような……。

「すでに捕虜たちは彼女の拷問を受けているから。穴の空いた水瓶のように頭の中にある情報を全部吐いていているはずよ」

エレノアは牢獄の奥にある、一層陰鬱な雰囲気を漂わせた拷問室の前に立つ。重厚な扉を開けると部屋の中に踏み入った。

すると、そこにいた人物が振り返った。

艶やかな金色の髪に、見るからにドSそうな顔立ち。黒のボンテージに身を包み、手には革張りの鞭を握りしめている。

「あら、エレノアさんじゃありませんこと。相変わらず気高くて美しい顔立ちね。その顔が苦痛に歪むところを見たいですわ。――って、んん？」

金髪ドSの拷問官――ティアラはエレノアの後ろに控えている俺の姿に気づくと、余裕に満ちていた表情を一瞬にして凍り付かせた。

「え？」

「ひいいいいいいっ⁉　じ、ジークじゃありませんこと⁉」

ティアラはその場で腰を抜かすと、尻もちをついてガタガタと震えていた。顔色は青いを通り越してもはや白くなっている。

「お、お助けくださいまし……！　お助けくださいまし……！　どうか命だけは取らないでくださいまし……！」

「……ジーク、あなた、ティアラと何かあったの？」

「以前、彼女の拷問を受けたことがあってな。仲間に危害を加えると脅してきたから一喝してやっただけだが」

俺を傷つけるのは構わないが、仲間を傷つけるのは許さない。そう言ってティアラの首を掴み上げてやった。

しかし、ここまで怯えられてしまうとは。

よほど怖かったのだろうか？

「ティアラがこんなふうになるところなんて初めて見たわ。尋常じゃないトラウマを植え付けられてしまったようね」

エレノアは「けれど、これでは話が出来ないわ」と困っていた。

……元はと言えば俺が蒔いた種だからな。仕方ない。ここはティアラのメンタルを俺がケアしてやらなければ。

「心配するな、俺は別にお前に対してどうも思っていない」

「ほ、本当ですの……？」

「ああ」

「私はあなたをあんなにビシバシと叩いたのに……？」

「ああ」

「そう見せかけて背後から――ということは？」

「しない。疑いすぎだ」

俺は言った。

「あの時、俺は光のオーブを盗んだ罪で投獄されていた。そしてお前は俺から情報を吐かせるために拷問を行った。自分の仕事を果たすために全力を尽くそうとしていたんだ。別にそれを恨んだりはしない」

「じ、ジーク……あなたという人は……！」

　ティアラはじーんと感動したように瞳を潤ませていた。安堵に満ちたその表情にはドS拷問官の面影はなかった。

「ようやく少しは落ち着きを取り戻したようね」

　とエレノアが言った。

「それで？　捕虜たちから情報は引き出せた？」

「え、ええ。当然ですわ。私の拷問に耐えられる者などいませんもの！　けれど一つ問題が発生しておりまして……」

「問題？」

「捕虜の言ってる言葉がまるで理解できませんの」

「？　ソーサラー王国の言葉は私たちの使っているものと変わらないわ。聞き取れないということはないと思うけれど」

「そういう意味ではありませんわ。話している言葉は聞き取ることができます。口にする内容がまるで理解できませんの」

　そう言うと、ティアラは促すように目を動かした。彼女の視線の先には、捕虜が十字の板に張り付けられていた。

「結論から言うと、彼らの目的は光のオーブでしたわ」

「この国から奪うつもりだったの？　何のために？　光の巫女がいないと魔王の封印を保つことは出来ないのに」

「まさにそれが狙いだったようですわ」とティアラが言った。「彼らは光のオーブの封印を解き魔王を復活させるつもりだった」

「「え？」」

　ティアラの言葉に思わず俺たちは声を漏らしてしまう。

――魔王を復活させるつもりだっただと？　何を言っているんだ？

「彼らの目的が魔王の復活？　冗談でしょう？　そんなことをして何の得があるの」

「彼らは魔王を救世主だと考えているようですの。魔王が復活すれば、混迷する彼らの国を救ってくれるのだと。だから魔王を復活させようとしている。それを阻《はば》み、光のオーブに封じ込めている私たちを敵だと見做《みな》しています」

　魔王が国を救ってくれる存在……？

　ティアラの説明によって、彼らの目的を知ることは出来た。しかし、その思想についてはまるで理解することが出来なかった。

　エレノアは磔になってた捕虜の男に話しかけた。

「魔王はかつて人類を滅ぼそうとした最悪の脅威なのよ？　復活させてしまったら、人類は滅亡の危機に瀕してしまうわ。それを分かっているの？」

「いいや、滅んだりはしない。魔王様が復活した時こそが始まりなのだ。この世の全ての問題は消えてなくなる」

　捕虜の男はまっすぐな目をしていた。

「今の世界を見てみろ。各地で人間同士の争いは絶えず、飢餓は起こり、弱い者は強い者に虐げられている。他種族との争いがなくとも、人間は人間たちで争い続ける。このままでは永遠に安寧が訪れることはない」

「だから魔王に支配されるべきだと？」

「そうだ。人類は皆、魔王の――魔族の支配下に置かれるべきだ。もっとも力を持つ者が世界の全てを支配することにより、世の中から問題は消える。そうすることにより、真の安寧というものが訪れるのだ」

「ダーメだこりゃ。話になんねえ」

　匙を投げるようにスピノザが肩を竦める。

　ティアラが言った。

「捕虜たちは皆、彼のような思想に支配されていましたわ。魔王こそが人類を支配すべきだという主張の一点張りですの」

「魔族に操られているのかしら」

「んじゃ、一発ぶん殴りゃ元に戻るかもしれねえな。おーし、あたしに任せとけ。歪んだ思想を飛ばしてやるよ」

「ムダだと思うよ」とファムが言った。「彼らは魔族に操られているわけじゃない。自らの意思で動いているようだからね」

「操られてるわけじゃないのか？」

「操られているのなら、こんなにはっきりと話すことは出来ない。自分の意思を奪われた人形のようになるはずだよ」

「じゃあ、こいつらは自分の意思で魔王を復活させようとしているのか」

だとすれば止めようがない。

「裏で魔族が糸を引いている可能性はある。ただ、いずれにしても彼らが自らの意思で攻めてきたことは間違いない」

ファムは言った。

「そうなると厄介だね。操られてるだけなら術者を倒せば解くことが出来るけど、彼らはそうじゃないみたいだから」

もし裏で糸を引いている魔族がいたとして。

そいつを倒したとしても、ソーサラー王国の軍隊は止められないということだ。彼らが俺たちを敵だと認識している限り。

彼らは魔王を復活させることこそが、正しい行いであると信じ込んでいる。その認識を覆すのは容易ではないだろう。

場に重苦しい空気が流れていた、その時だった。

拷問室の扉が開き、見知った人物が姿を現した。

「おっ、久しぶりじゃねーか」

スピノザが頭の後ろで両手を組みながら声を掛ける。

そこにいたのはアルマとセイラだった。

「任務が終わって戻ってきたら、他国の襲撃を受けたと聞いてな。お前たちがここにいるというから駆けつけたのだ」

アルマがむんと胸を張る。

「私の活躍ぶりをお前たちにも見せてやりたかった。ボルトンも感心していたぞ。これは分隊長の座は固いだろうなあ……」

「だから自分で言うなよ」

自慢げに語るアルマの後ろで、セイラは重苦しい面持ちを浮かべていた。気まずそうにこちらから顔を背けて床を見つめている。

いったいどうしたのだろう——と思っていた時だ。

「……なぜ、アルマ親衛隊長がここに？」

背後から虚のような声が聞こえてきた。意識して発したというよりは、内心の声が漏れ出してしまったというような。

聞き覚えのない声だった。少なくとも俺たちのものではない。振り返ると、礫になった捕虜の男がアルマを見つめていた。

「む？　アルマ親衛隊長？　私はまだ分隊長にもなっていないが？　まあ、これからそれ以上の地位になるかもだが……」

アルマはきょとんとした表情をしていた。

だが、捕虜の男が衛兵団でのアルマの地位を知っているはずがない。

だとすれば捕虜の男が話している内容に当てはまるのは――。

アルマがここに来る前の話しかない。

「あなたは突如失踪したと聞いていましたが……生きておられたのですね。まさか敵国に流れ着いていたとは……」

アルマが倒れていた傍の川は、ソーサラー王国の領土にも通じている。

捕虜の男の話が正しければ、魔物の戦闘によって負傷したアルマは、川を流されてそこに流れ着いたということになる。

「アルマがソーサラー王国の出身だったとはな……」

親衛隊長と呼ばれていた。

なら、王族の誰かに仕えていたということだろう。

「親衛隊長――記憶を失う前の私はかなりの役職についていたのだな。ふふふ。やはり私は優秀な人材だったか」

アルマは嬉しさを隠しきれずに顔をにやけさせていた。割とシリアスな空気の中、彼女だけは場違いに明るかった。

「……親衛隊長は記憶を失っているのか。だから敵国の一員に……！」

捕虜の男は得心したように呟いている。

ソーサラー王国の親衛隊長だったということは、本来のアルマは捕虜の男と同じ思想を有していたのかもしれない。

なら、記憶が戻ってしまうのはマズいな……。

アルマが元の記憶を取り戻せば、俺たちの敵に回ってしまうかもしれない。彼女の強さを考えてもかなり厄介なことになる。

俺がそんな懸念を抱いていた時だ。

ふと捕虜の男の方を見やると、彼は呆けたような顔をしていた。目の前に広がる光景が信じられないというような。

捕虜の男の視線の先にはセイラがいた。彼はセイラを見つめながら、禁忌に触れるかのように恐る恐る呟いた。

「あなたは、アリア王女……？」

——王女。

捕虜の男は確かにそう言っていた。

「お前がなぜここにいる⁉　国を裏切り、国民を見捨てた魔女が！　やはり貴様は敵国と通じていたのだな！」

火が付いたように感情を爆発させる捕虜の男。獣のような唸り声を上げながら、拘束具を引きちぎろうと暴れている。

その怒りは戦いの最中、俺たちに向けていたものよりも苛烈だ。

けれど、彼は何か勘違いをしている。

セイラはアリアという名前でもなければ、王女でもない。

王都アスタロトの衛兵であり、俺が率いる第五分隊の仲間だ。

だから男の言葉を一蹴してやればいい。

誰かと勘違いしているようですが、人違いですと。

けれど、セイラはそうしなかった。沈痛な面持ちを浮かべながら、否定も反論もせずに重苦しい沈黙を貫いていた。

「あなた、やかましいですわよ！　誰の許可を得て喋っているの!?　キツいお仕置きが必要のようですわね！」

「――ぐっ！」

ティアラが鞭を振るい、捕虜の男を痛みによって封じ込める。何度か打ち込むと、捕虜の男は抵抗の意思を失い、だらりと身体を脱力させた。

しかし言葉を封じ込められても、男の視線はセイラを鋭く射貫いていた。その眼差しには強い怨嗟《えんさ》の炎が燃え上がっている。

「…………」

射殺さんばかりに鋭い男の睨みを、セイラは逸らさずにただ受け止めていた。その表情はひび割れた硝子のような脆さを帯びていた。

第七話　セイラの母国

拷問室を後にした俺たちは衛兵団の詰め所に戻ってきた。

団長室には第五分隊に加え、エレノア、そしてボルトンの姿があった。

集まっていた理由は他でもない。先ほど捕虜の男が口にしていたことについて、セイラから詳しい話を聞くためだ。

「セイラ、捕虜の男の話だが」

俺は沈黙の中、切り出した。

「奴がお前をアリア王女と呼んでいたのはどういうことだ？」

「きっと、セイラに似た誰かと勘違いしてたんだろ。散々拷問受けてたみたいだし。意識が朦朧としてたんじゃねーの？」

スピノザが笑い飛ばすように言う。

ファムはセイラを気遣うように声を掛けた。

「……話したくないなら、ムリに話さなくてもいいんだよ。人は誰しも一つや二つは秘密を抱えているものだから」

「…………」

セイラはしばらく黙り込んでいたが、やがてふっと強ばっていた表情を緩めると、諦念したかのように言った。

「お気遣いありがとうございます。でも、この件は話さなければならないことです。私の胸の内に留めてはおけません」

一度息をついてから、覚悟を決めたかのように告げる。

胸の中に秘していた真実を。

「……私のセイラという名前は本名ではありません。本当の名はアリア・ソーサラー。ソーサラー王国の王女です。一年前、この国に亡命してきました」

「「……っ!?」」

その場にいた全員が息を飲むのが分かった。

――セイラが王女だった。それもソーサラー王国の。

確かにセイラは無骨な者ばかり集う衛兵団で、珍しく気品がある女性だった。光の巫女に謁見した際も、俺を含めた第五分隊の面々が作法の分からない中、彼女は場に応じた適切な振る舞いをしていた。

だが、まさか王族だったとは。

「それにしても、なぜ亡命を？」

とエレノアが尋ねる。

セイラは一瞬息を詰まらせた後、抑揚のない声で応えた。胸のうちに宿るあらゆる感情を排した上で事実だけを伝えるように

「私の祖国――ソーサラー王国は魔族に乗っ取られたからです。敵の手から逃れるためにこの国に亡命してきました」

私の祖国――ソーサラー王国は争いを好まない国でした。

他国と衝突することを好まず、もし衝突してしまっても、武力ではなく話し合いによる和平の道を粘り強く探るような平和主義の国。

しかし、何もかもが完璧な国なんてものはありません。

資源の不足や貧富の差などの問題点も存在していました。

ただ、上に立つ者たちはそれをなくそうと努力していました。見て見ぬ振りをしようとは決して考えてはいなかった。

私はそういう国のあり方が好きでした。

それは間違いなく国王――私の父がそういう考え方だったからだと思います。

私の父――ソドム・ソーサラーは剣聖と称されるほどの剣の使い手でした。

王でありながら、剣技に秀でていて、並み居る手練れの騎士たちを下して国の剣術大会で連覇するほどの実力の持ち主でした。

国に巨大な魔物――ワイバーンが攻めてきた時も自ら先陣を切り、一太刀でワイバーンを斬り伏せてしまったこともあります。

父は誰よりも強く、勇敢で、優しかった。

国民からも、騎士たちからも慕われていました。

私に剣術を教えてくれたのは父です。

他の人には優しい父も、私に剣を指導する父はとても厳しかったです。

私が子供の頃は毎日、血の滲むような鍛錬を施されました。

国を守るためには、強くあらねばならない。

それが父の口癖でした。

強くなければ、何も守ることは出来ない。お前もこの国の王女なら、俺から一本取れるだけの強さを身につけろと。

私は精一杯食らいつきました。手の皮は血豆でいっぱいになり、鍛錬が終わると全身が動かなくなるくらい打ち込みました。

でも結局、父から一本を取ることは出来ませんでした。

私はとても父のように強くはなれなかった。

アルマさんと出会ったのもその頃です。

彼女は元々貧困街の出身で、身体能力が群を抜いて秀でていたこともあり、私の親衛隊として仕えて貰うことにしたのです。

その時はさすがに周りの人から猛反対を受けました。

貧困街の者を傍に置くなんて聞いたことがないと。

けれど、出自に関係なく優秀な人は登用すべきだというのが私の考えでした。なので他の人たちの反対を押し切りました。

父も最終的には渋々それを許してくれました。

結果的にアルマさんは親衛隊長になったのですから、私の見る目は間違っていなかったということですよね。

……すみません。話が逸れてしまいましたね。

問題点はあったものの、ソーサラー王国は平和な国でした。

——あの日が訪れるまでは。

その頃のソーサラー王国は大不作による慢性的な食糧不足に、異常なほどの魔物の襲撃に悩まされていました。人々は飢え、餓死する人も出始め、食糧を求めた国民たちが貴族の屋敷を焼き討ちするという事態も起こっていました。

まるで国全体が呪いにでも掛けられたかのようでした。

ある日、貴族や騎士たちを王の間に集めた父は彼らに教えを説いていました。その内容を聞いた私は驚きを隠せませんでした。

曰く——。

魔王を復活させることこそが今この国に求められていることだ。

この国がおかしくなっているのは瘴気によるものだ。

国中を覆っている瘴気が作物を枯らし、魔物たちを呼び込み、人々の心を荒ませ、暴行へと誘っているのだと。

いや、この国だけじゃない。世の中のありとあらゆる問題は、全て瘴気によって引き起こされている。

魔王を復活させ、国を支配して貰えれば、今起こっている問題の全ては解決する。魔王は瘴気を自らの力として吸収することが出来るのだから。

魔王が復活すれば瘴気は消え、不作が終わって飢えもなくなり、襲撃してくる魔物たちも統治して貰うことができる。魔王に支配して貰えば、人々の間の争いも終わる。

本来なら一笑に付されるような稚拙な言説でした。

国によっては、そのようなことを発してしまえば、人類に対する反逆だとして処刑されてしまうかもしれません。

それを一国の王である父が発していたのです。

妄言以外の何物でもありません。

けれど——。

最初こそ父の言うことに懐疑的だった貴族や騎士たちも、父の熱の入った話を聞くうちに次第に態度を変化させていきました。

ソーサラー王国では父は絶対的に信頼されていましたから。父がそう言うのなら、真実ではないかと皆も思うようになったのです。

何より冷静な判断が出来ないほど、皆は追い詰められていました。

絶望的な状況の中に降りてきた蜘蛛《くも》の糸は、光り輝いて見えたのでしょう。

いつしか、魔王を復活させることこそ自分たちが成すべきことなのだ。それこそがこの国と人類のためになるのだというふうに考えを変えていました。

私には理解できない考えを、皆が有り難がっている。

私は明らかに間違いだと思うことを皆は正しいと信じている。そのことにとても恐怖を感じたのを覚えています。

父はそれ以来、自らの思想を国全体に広めるようになりました。

演説を行い、魔王を復活させることこそが未来に繋がるのだと、この国はもはやそれ以外に存続の道はないのだと。光のオーブを守りそれを妨げるアスタロトの人々は敵なのだと喧伝していました。

広場に集められた国民たち——その怪訝な表情が、言葉を聞くにつれてうっとりと心酔の表情に変わっていくのは異様な光景でした。

白が黒に裏返るように、皆の思考が塗りつぶされていく。

困窮した状況に垂らされた蜘蛛の糸に皆が縋《すが》ろうとしている。

それが私には頼りなく、か細いものに見えていたとしても。

演説が終わった時、広場は異様な熱気に包まれていました。父が皆に自決を命じれば喜んで従うのではないかと思うほどに。

私は自分だけが間違っているのではないかと思っていました。

正しいのは父や国民たちであって、私は間違っているのではないかと。魔王復活こそがこの国の未来のためになるのではないかと。

けれどある日、私は目撃してしまったのです。

王の間にて父と臣下の男が話しているところを。

臣下の男の頭部には人間には持ち得ないはずの角がそびえていました。それは男が魔族であることの何よりの証拠でした。

その臣下の男は父の様子がおかしくなってから重用するようになった者でした。出自も定かでないのに傍に置くようになったのです。

私がアルマさんを登用した前例があるからか、国民たちも有能だからこれまでの身分に関係なく重用したのだろうと考えていました。

臣下の男は父のことをバロン様と呼んでいました。

それは父の名ではなく、聞き覚えのない名でした。

その時、私は思ったのです。

目の前の父は、父の姿形をしているだけの別人ではないのかと。

そこから私はバロンのことを徹底的に調べました。

抱いた疑念の答えを確かめるために。

その結果、バロンは魔王軍で四将と恐れられていた眷属《けんぞく》であることを突き止めました。

恐らく父はバロンに操られているか、身体を乗っ取られている。父自身が変わってしまったわけではなかった。

この国は、バロンに洗脳されていただけだった。父の姿を使い、魔王を復活させるために国民たちを扇動させようとしている。

　このままではこの国は遠からずアスタロトに戦争を仕掛けることになってしまう。そうなれば両方の国が血を流すことになってしまう。

　――だから私は決意したのです。皆の洗脳を解いてみせると。今の父は偽者で、正体は魔族なのだと触れ回っていました。その魔族は魔王を復活させるために、魔王がこの国や人類を救う存在などという嘘をついていると。

　けれど、いくら説得しても誰も聞く耳を持ってくれない。いつしか私は異端扱いされるようになっていました。

　そして私の動きを察知した父は、私を始末しようとしました。

国中の人々に働きかけ、私を人類に仇なす魔女として包囲網を張ったのです。

本来なら私は捕まり、処刑されてしまうはずでした。

けれど、アルマさんが私を命がけで国外に逃がしてくれました。見つかったら自分も処刑されるという状況なのに。

　アルマさんのおかげで国外に逃げられた私は、アスタロトへと流れ着きました。そして国王様に情報を伝えました。

　私はソーサラー王国の王女であり、魔族に支配されてしまったソドム王から逃れるために王都アスタロトへと流れ着いた。

このままではいずれソーサラー王国が攻めてきてしまう。だから、母国を救うために力を貸していただけませんかと。

しかし、アスタロトの王様は聞き入れてくれませんでした。私がソーサラー王国の王女だと信じていただけなかったからです。

アスタロト王は私が本物の王女かどうかを確認するため、ソーサラー王国に使いの者を送ったのですが、彼は王女は処刑されたのだと報告してきました。私はもうソーサラー王国では亡き者の扱いをされていたのです。

行く当てを失った私は、衛兵団に入団することにしました。

国を救うことが出来なかったのは、ひとえに私が弱かったからです。

だから、力をつけたかった。

バロンを倒すための、そして大切な人たちを守るための力を。

どうしても強くならないといけない理由がある——そうボルトンさんに訴えかけることで入団を許して貰えました。

それから私は血の滲むような鍛錬に明け暮れました。

強くなって力をつけ、いつか祖国に戻ってこの手でバロンからソーサラー王国の人たちを救い出すために。

アルマさんと再会した時は驚きました。記憶喪失になっていたことも。けれど、生きていてくれて良かったと心から安堵しました。

私を逃がしたことによって、彼女の身に危険が及んでいないかとずっと心配していましたから。でもそれ以上に、ソーサラー王国の軍がミレオン大橋に侵攻してきたという話を聞いた時にはショックでした。

　ついに、この時が来てしまったのだと思いました。

　これまでの道のりを話し終えたセイラは、ようやく一息ついた。

　王女であったセイラが、なぜ衛兵団に入っていたのか。それはバロン――魔王軍の四将の魔族に狂わされた祖国を自らの手で取り戻すためだった。

「捕虜の男がセイラのことを国を裏切った魔女と呼んでいたのは、国を救うために魔王を復活させようとするのを阻もうとしたからか」

「はい。けれど彼の言葉は間違っていません。私が国を捨てて逃げたのは事実です。そこに言い訳の余地はありません」

　セイラは胸に手を置くと、苦々しい面持ちを浮かべる。

「私がふがいないせいで戦争が始まり、両国が無用な血を流すことになりました。戦場にジークさんたちがいなければ、今頃ミレオン大橋は落とされ、王都に住む多くの人々が命を散らしていたことでしょう」

　ミレオン大橋での戦いでは、多くの血が流れた。

　セイラはそれを自分のせいだと思っているようだった。思い詰めた表情からは、彼女の抱える罪悪感の重さが伝わってくる。

「……あの、ジークさんはこの前仰っていましたよね？　自分の受けたダメージを他の人に移すスキルがあるのだと」

「ああ」

ペインムーブを使えば、負ったダメージを他者に移すことが出来る。他者のダメージを自分に移すことも可能だ。

「なら、一つお願いがあります。ジークさんがミレオン大橋で負ったダメージを全て私に肩代わりさせてくれませんか」

「なんだと？」

「それは私が皆を止められていたら、負うことのなかった傷です」

「だからお前が負うと？」

セイラは頷いた。

「もちろん、これで全てを清算できるとは思っていません。ですが、散っていった人たちの想いを少しでも背負いたいのです」

戦場で散っていったソーサラー王国の連中が俺に与えたダメージを、自らの無力さの罪として背負いたいということか。

今、セイラは罪悪感に押しつぶされそうになっている。だから、自らを罰することで心を守ろうとしているのだろう。

「セイラ、お前はそれからどうするつもりだ？」

「……ソーサラー王国に戻ります。再び侵攻してくるまでには猶予があるはずです。その前にバロンを打ち倒します」

それに、とセイラは言った。

「臣下に紛れ込んだ魔族を倒して正体を曝くことで、皆さんに掛けられた洗脳を解くことが出来るかもしれません」

「なるほどな」

と俺は言った。「だったら、お前の頼みは聞けない」

「えっ？」

「ダメージを肩代わりした身体では、戦えないだろう」

それに、と俺は言った。

「俺はお前を行かせるつもりはない。今のお前が一人でソーサラー王国に戻っても、魔族の四将を相手にすれば勝てないだろう」

「………………っ！」

突きつけられた辛辣な言葉に、セイラは俯いてしまう。自らの無力さを噛み締めるように拳をキツく握りしめていた。

「……分かっています。そんなことは誰よりも。だけど黙って見てはいられません。私は皆を守るために戦わないと」

　セイラはそう呟くと、踵を返して歩きだそうとする。

　俺が腕を掴んでその場に留めさせる。

「だが、このまま行っても何も変えられない。俺は第五分隊の隊長として、部下を無駄死にさせるつもりはない」

「——じゃあ、どうすればいいと言うのです！　私だって、自分に力が足りていないことくらい自覚しています！　無駄死にしてしまうであろうことも！　でも、何もせずにただ指を咥えて見ていることなんて出来ません！」

　セイラは縋るように声を振り絞る。

「……教えてくださいジークさん。私はいったい、どうすればいいというのですか。何をすれば国を救えるのですか……」

「簡単な話だ」と俺は言った。「俺たちを頼ればいい」

「……え？」

　はっとしたようにセイラは顔を上げた。その表情を見るに、その選択肢は彼女の中にはなかったのだろう。

　俺はセイラに向かって言う。

「お前一人では何も出来ないかもしれない。だが、俺たちがいれば、状況を変えることが出来るかもしれない」

「し、しかしこれ以上、皆さんを巻き込むわけには……」

「それはお前の気持ちだろう？　俺は巻き込まないで欲しいと思ったことはない。面倒事に付き合うのには慣れている」

　俺は言った。

「それに放っておけば、ソーサラー王国の軍勢はアスタロトに攻めてくるんだ。この件はお前一人の問題じゃない」

　一度息をついてから、セイラに告げる。

「どちらにせよ、お前は王女である前に第五分隊の一員だ。俺は隊長として、お前の単独行動を許したりはしない」

「………」

　セイラは言葉を失っていた。

　スピノザがセイラに笑いかける。

「何でも自分一人で抱え込もうとすんなよ。あたしにもちっとは背負わせろ。それくらいの甲斐性は持ってるつもりだぜ？」

「ふっ。スピノザにそう言われたら、僕も名乗りを上げないわけにはいかないね。彼女に劣る甲斐性と思われるのは癪だから」

「うむ。私も協力するぞ。記憶を失う前、私はセイラに仕えていたようだし……。こっちに来てからも世話になっているからな」

　ファムとアルマも賛同の声を上げた。

「どうして皆さんはそんな……」

「皆、お前のことが好きだからだ。セイラのことが好きだからこそ、俺たちはお前の力になりたいと思っている」

俺はセイラに告げた。

「セイラ、お前は一人じゃない。俺たちがついている。お前が背負っているものは俺たちもいっしょに背負ってやる。だから、遠慮なく頼ってくれ」

他の面々も力強く頷いた。

それを聞いたセイラは涙ぐみながら呟いた。

「皆さん……ありがとうございます……！」

そして、俺たちに向かって言った。

「どうか……私に力を貸してください。私といっしょに祖国を——ソーサラー王国を救うための手助けをしてください」

「決まりだな」

俺は言った。

「第五分隊の次の任務はソーサラー王国に攻め入ってバロンを倒すこと。そして両国間の戦争を止めることだ」

仲間たちは頷いた。

セイラを助けるために——その想いは皆、いっしょだった。

第八話　ソーサラー王国の戦い

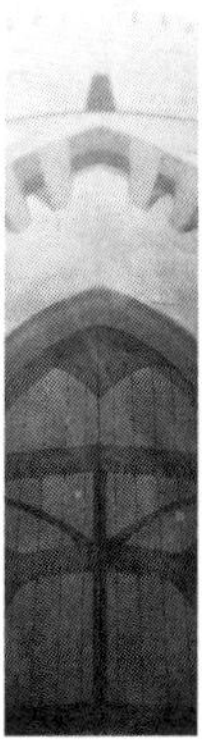

ソーサラー王国の国王――ソドムは王の間にあるバルコニーに立ち、眼下に広がる王都の街並みを見下ろしていた。

姿形こそソドムのそれだが、人格は当人のものではない。ソドムを支配している魔王軍の四将――バロンだった。

ここまでこぎ着けるのには時間が掛かった。

バロンは他の将たちに比べ、配下の魔族はそう多くない。王都アスタロトを攻めるには手駒の数が足りなかった。

それ故にこのソーサラー王国を傀儡にしようと企てた。

王の身体を乗っ取ると、長い年月をかけ、魔王を復活させることこそがこの国を救うのだという価値観を国全体に植え付けた。

今ではこの国全体に自分の操り糸が見えるかのようだ。

……本来なら今頃、魔王様は復活していたはずだった。暗黒に包まれた、魔族の理想郷がこの世に顕現していたはずだ。

だが、それは阻まれてしまった。一度ならず二度までも。

一度目はエストールの街の冒険者を焚きつけ、アスタロトを襲わせた時だ。

劣等感に塗れた冒険者の男をそそのかし、魔族へと堕とした。そして魔物の群れと共にアスタロトを襲わせたのだが、失敗に終わってしまった。

そして二度目――。

ミレオン大橋に送り込んだソーサラー王国の軍勢は返り討ちに遭ってしまった。

こちらは数千の軍勢を送り込んだというのに、百人にも満たない敵陣営の守りに風穴を開けることが出来なかった。

報告によると、いずれも衛兵団の第五分隊が戦闘の要になっていたのだという。

中でも――第五分隊の分隊長、ジーク。

奴は全ての攻撃をたった一人で防ぎきってしまったという。

魔王様を復活させる計画にとってもっとも脅威となる存在。

始末しなければなるまい。

そんな折、奴ら――第五分隊がこの国に侵入したとの報告を得た。しかも第五分隊の中にはソーサラー王国の王女――アリアがいた。

……彼女がアスタロトに落ち延びて、衛兵になっていたとはな。さしずめ戦いを止めるために私を打ち倒しにきたというところか。

だが、その望みは叶わない。

私は国民たちを直接この手で操っているわけではない。王の姿を借りて、それが正しいと思うように煽動しているだけだ。

すり込まれた思想は、私が倒されようが解けることはない。

お前たちが戦いを止めることは出来ないのだ。

それに――。

お前たちが私を倒すことは出来ない。

今の私は剣聖――ソドム・ソーサラーの肉体を有しているのだ。純粋な戦闘力でも奴らに後れを取ることはない。

――この国は私にとっての庭も同然。いくらお前たちが腕に覚えがあろうと、国全体を敵に回しては生き残れまい。

袋のネズミたちに、地獄を見せてやろうではないか。


王都アスタロトを発った俺たちは、ソーサラー王国へと向かった。

ソーサラー王国領に向かうためのミレオン大橋は落ちてしまったが、少人数であれば小舟を出して大河を渡りきることが出来る。

途中、何度かの野営を挟み、ソーサラー王国に辿り着いた。

セイラの案内で外堀から国内に通じる地下水路に侵入する。

薄暗い地下水路をしばらく歩くと、地上に続くハシゴがあり、鉄製の蓋を開けるとそこはソーサラー王国の内側だった。

「ふいー。ついたついた」

大きく伸びをしたスピノザが辺りを見回す。

「ここがセイラの母国ってわけか」

「はい。帰ってくるのは本当に久しぶりです」

セイラは感慨深そうに街並みを眺めている。

「なんだありゃ？」

景観を眺めていたスピノザの視線が止まる。

街の外灯には拡声器が設置されていた。

「あれは拡声器です。バロンは広場で演説をする他にも、あの拡声器を用いて国民たちを煽動していました」

「……どうやら、通信魔法に反応して声を拡散する仕組みみたいだね。これなら僕も使用することが出来そうだ」

「ファム、何か拡散したいことでもあるのか」

「……いや一つもないよ。僕はシャイだからね。自分の発言が大勢に拡散されると考えただけで顔が熱くなってしまう」

ファムの頬はほんのりと赤らんでいた。

「ジーク、我々はこれからどうするのだ？」

アルマが俺に尋ねてくる。

「バロンの居場所を探しだし、奴を打ち倒して戦争を止める」

「バロンは父の身体を乗っ取っていますから、王城にいるはずです。そこまでの道のりは私が案内できます」

「よし。だが、セイラとアルマは注意してくれ。お前たちは顔が割れているからな。見つかれば厄介なことになる」

セイラはこの国の王女で、アルマは親衛隊長だ。

国民にも広く顔が知られているだろう。

しかも、セイラは国民からは国を裏切った魔女だと認識されているのだ。素性がバレたら間違いなく面倒なことになる。

「……分かっています」

セイラは羽織っていたローブのフード部分を深く被り直した。

「そうか。私はこの国では有名人なのだな。ということは、表通りを歩けば国民から尊敬されることが出来る……!?」

「おいアルマ、良からぬことを考えるなよ」

と俺は釘を刺しておいた。

「ほれ。ちゃんとフード被ってろよ」

「いだだだ！　スピノザ、フードを深くかぶせすぎだ！　これでは前が見えないぞ!?」

スピノザがアルマのフードをぐいっと深くかぶせていた。目元を覆われたアルマは手足をバタバタと動かしていた。

今は一応、シリアスな状況なんだが。

アルマがいると調子がおかしくなるな……。

俺たちは路地裏を出ると、通りを歩いた。

通りは人々の喧噪で活気づいていた。

靴裏が立てる足音、店の呼び込みの声、高らかに笑い合う声。子供たちが無邪気な笑みを浮かべながら走り回っている。

「とても魔族の支配下にあるようには見えないな」

「直接操られてるわけじゃないからね。パッと見は普通の人たちだよ。彼ら自身も自分が煽動されているとは思っていない。だから厄介なんだけど」

気づかないうちに思考を支配されてしまう。

植え付けられた思想を、自らのものだと信じ込んでしまう。

それはただ操られるよりもたちが悪い。

傍にあった外灯の拡声器からぶつんとノイズが聞こえた。

はっとして振り返る。

先ほどまで頑なに沈黙を保っていた拡声器から、低い男の声が聞こえてきた。その内容を耳にした瞬間、全身が強ばった。

『王国内にアスタロトの衛兵たちが侵入した。繰り返す。王国内にアスタロトの衛兵たちが侵入した。敵は全部で五人。見つけ次第、騎士や衛兵は全力で排除にあたれ』

『敵の外見の特徴だが、いずれもローブを羽織っていて、分隊長の男は――』

拡声器からは俺たちの外見的特徴がつらつらと並べられていく。それは俺たちの様子が見えているかのように正確だった。

「これは――父の声です！　間違いありません！」

「だが、なぜ俺たちの今の外見を完璧に把握することが出来ているんだ？　奴はこの辺りに潜んでいるのか？」

「王都を一望できるところにいるのか……あるいは魔法を使用しているのかも」

「おいおい。それよかこれ、やべーんじゃねえのか？」

バロンの言葉は拡声器を通して国中に発信されている。外敵である俺たちの外見情報は国民全体に共有されてしまった。

その時、俺は違和感に気づいた。

先ほどまで活気づいていた街中。

気づいた時にはすっかり喧噪は止んでいた。

不自然なまでの静寂が場を満たしている。

辺りを見回すと、道行く人たちは皆、足を止め、俺たちの方を見つめていた。ガラス玉のような目がいくつも並んでいる。

その目に敵意の色が滲んだ瞬間――。

俺たちは弾かれたようにその場から駆け出していた。

「あいつらだ！」

「追え！　逃がすな！」

すぐに衛兵や騎士たちが駆けつけてきた。

時間の経過と共にその人数はどんどん増えていく。

通りを曲がると、その先に衛兵たちが待ち構えていた。

「げっ」

「どうやら包囲網が敷かれているようだな」

後ろからも追っ手が迫ってくる。これで逃げ場がなくなってしまった。

剣や槍などの武器を構えた追っ手たちが、鋭い眼差しを向けてくる。その瞳には明確な憎しみの色が滲んでいた。

「魔王様の復活を妨げようとするお前たちは生かしてはおけない。この国のために俺たちが息の根を止めてやる！」

「ちっ、こりゃ戦うしかないみてえだな」

スピノザが背負っていた大槌を構えると、俺たちも続けて臨戦態勢になる。両陣営の間に張り詰めた空気が流れた。

次の瞬間にも戦いが始まろうとしていた、その時――。

「待ってください！」

セイラが張り詰めた雰囲気を打ち破るように叫んだ。

「魔王の復活がこの国を救うなんて、そんなことはありえません！　あなたたちは魔族の言葉に踊らされているんです！」

その言葉に追っ手たちの顔色が変わった。

「あんたは――アリア王女か⁉　処刑されたはずじゃ……」

「俺たちが踊らされているだと……？　そんなはずがない！」

「ソドム様は俺たちに真実を教えてくれたんだ！　王が間違っているわけがない！　魔王様の復活こそがこの国を救うんだ！」

「違います！　父は魔王軍の魔族――バロンに乗っ取られているんです！　自分たちの目的を果たすために、父の姿を利用してあなたたちを煽動しているんです！　光のオーブを奪取するための駒にしようと！」

セイラは懸命に訴えかける。

「魔王を復活させようと、この国の抱えている問題は解決しません！　皆さん、どうか目を覚ましてください！」

しかし――。

その言葉は追っ手たちには届かなかった。

「俺たちを洗脳しようとしているのはお前の方だろう！　この魔女め！　喉を切り裂いて喋れな

くしてやる！」

「今度こそ我々が処刑してやるよ！」

追っ手たちがセイラに斬りかかろうとする。

「――っ⁉」

放たれた槍先がセイラの細い喉元を貫くより早く、俺は彼女の前に躍り出ると、追っ手の攻撃を一手に引き受けた。

その隙にスピノザが大槌で追っ手連中を吹き飛ばす。

「ぐはっ！」

吹き飛ばされた一人が他の追っ手たちを勢いよくなぎ倒す。その瞬間――包囲網に綻びが生まれたのを見逃さなかった。

「今だ！　逃げるぞ！」

俺たちは包囲網の破れた箇所から外に抜け出した。

追っ手を撒くために、人気のない路地裏へと飛び込む。入り組んだ路地、その角を何度か曲がっているうちに背後の気配が消えた。

「……どうやら、撒くことが出来たらしいな」

俺たちは路地裏で立ち止まる。ようやくそこで息を吐いた。

「……辺りの様子を見てくるよ。君たちはここで待機を」

「ああ、ファム、頼んだ」

ファムが偵察に出た後、セイラがぽつりと呟いた。

「……皆さん、大丈夫でしょうか」

「峰打ちだ。殺しちゃいねえよ」

「……そうですか」

俯いたセイラは重苦しい表情を浮かべていた。

しばらくして、ファムが戻ってきた。

「どうだった」

「追っ手はまだ僕たちのことを探しているようだ。しかし凄い数だよ。騎士団や衛兵団を総動員してるんじゃないかな」

「厄介だな。戦って突破するにも追っ手の数が多すぎて埒があかない。このままでは王城に辿り着くのは難しそうだ」

「次に追っ手が来た時にもう一度説得を試みてみます。上手くいけば、戦わずして王城に辿り着けるかもしれません」

セイラの言葉に、俺は異議を唱えた。

「セイラ、彼らと話し合いを持つのはムダだ。バロンの洗脳下にあるのだから。説得しても聞く耳を持たないだろう」

「ですが、彼らは完全に操られているわけではないのですよね？」

「うん。セイラの話が本当なら、国の人たちはバロンに洗脳されているだけだ。それ以外は普通の人間と変わらない」

とファムが応えた。

「だったら、説得することも出来るはずです」

「……なぜそこまでこだわるんだ？」

「私は一度、逃げてしまいました。この国から、皆さんと向き合うことから。だからもう今度は逃げたくないんです」

それに、とセイラは言った。

「分かり合おうとすることを諦めたくないんです」

セイラの目には、強い意志の光が灯っていた。何があろうと消えない、覚悟を決めた者だけが宿すことの出来る力強さ。

セイラが口にした、向き合うことから逃げてしまったという言葉。

それは俺自身の後悔にも重なるものだった。

紅蓮の牙に所属していた頃、おかしくなっていくナハトを尻目に、俺は奴と真っ向から向き合うことをしなかった。

他人を変えることは出来ないのだからと諦めていた。

けれど、セイラは俺とは違っていた。

相手と真っ向から向き合い、自分の想いを伝えることを諦めていなかった。分かり合うことは出来るはずだと信じていた。

「私が追っ手の人たちを説得します。そして彼らを味方につけて、戦わずに王城まで案内して貰えるよう取り図ります」

「おいおい。そりゃ無茶だろ」

「僕も賛成できないな」

「うむ。さすがの私もそれは難しいと思うぞ」

仲間たちは軒並み反対していた。

「ジーク、あんたからも言ってやれよ」

スピノザからそう促される。

本来なら俺は分隊長としてセイラを止めなければならないだろう。そんな分の悪い賭けに出るわけにはいかないと。

しかし——。

「……分かった。セイラに任せよう」

俺はセイラの選択を尊重することにした。

「「え？」」

「はあ!?　マジで言ってんのかよ!?」

「今のままでは王城に辿り着くことは難しい。連中を説得することに懸けてみよう。失敗したら俺が守ればいい」

セイラがやろうとしているのは、俺が出来なかったことだ。

だから、信じてみたくなった。

完全な私情だ。分隊長としては褒められた選択ではない。

だが、今のところ他に選択肢もない。

追っ手の包囲網が敷かれ、バロンのいる王城まで辿り着くことができない今、セイラの説得に懸けてみるのもいいだろう。

「ジークさん……。ありがとうございます」

セイラがそう言うと、

「はあ……。セイラの背負ってるもんを背負うって言っちまったしな。あたしも地獄までいっしょについていってやるよ」

「そうだね」

「大丈夫！　セイラであれば、きっと上手く出来るはずだ。セイラはいい人だからな。私が保証しよう！」

「……皆さんの気持ち、ムダにはしません。必ず応えてみせます」

決意の言葉を口にしたセイラは、まっすぐな目をしていた。その眼差しを受けて、俺は思わず怯んでしまいそうになる。

その真摯《しんし》な光は、ついぞ俺が宿すことの出来なかったものだ。

そしてその光は、この国を照らすことが出来るかもしれない。バロンに洗脳された国民たちの目を覚ますことが出来るかもしれない。

俺に出来るのは、そんなセイラを守り抜くことだけだ。

路地裏に息を潜めていた俺たちは、やがて動き出した。水中から水面に顔を出すように表通りへと辿り着く。

しばらくすると、追っ手たちが駆けつけてきた。足音が近づいてくる。

セイラが俺たちに向かって告げた。

「私が皆さんと話をします。仮に私が彼らに襲われてしまっても、ジークさんはスキルを使わないでください」

「……何だと？」

俺はセイラに尋ねた。

「自分の装備を忘れたわけじゃないだろう。一撃でも食らえば致命傷になる。俺はお前を守るのが役目だ。それは出来ない」

「丸腰じゃないと意味がないと思うんです。誰に守られるでもない、剥き出しの私の言葉でないと彼らの心には届かない」

「……下手を打てば、無事では済まないぞ」

「……そうならないよう、最善を尽くします」

そう応えたセイラは、腹をくくっていた。

確かに、守られている者ではこの真剣味は出せない。

なら、俺も覚悟を決めて彼女を見守ることにしよう。

やがて、追っ手に取り囲まれる。

セイラは俺たちをその場に残したまま、一歩を踏み出した。

彼らの下にゆっくりと歩み寄っていく。

やがて追っ手たちと正面から相対した。

「皆さん、聞いてください。父は――ソドムは魔族に身体を乗っ取られています。私は見たのです。父が臣下として紛れ込んだ魔族と密会していたのを。その臣下が父のことをソドムではなくバロンと呼んでいたのを。バロンは魔王軍の四将と呼ばれるほどの眷属であり、人類に仇なす明らかな敵です。魔王を復活させようとしているのも、この国のためじゃなく、この世界を魔族のものに変えようとしているからです」

セイラは言った。

「父の姿を借りて口にしたバロンの教えは全て嘘です。ソーサラー王国の軍勢をアスタロトに攻め入らせるためだけにでっち上げたものです。魔王を復活させることで、この国の抱える問題が解決するなんてことはありません。皆さん、信じてください。このままでは双方の国に無用な血が流れることになってしまいます」

「バカを言うな！　ソドム様が魔族だと⁉　侮辱するのはいい加減にしろ！　ソドム様の教えが間違っているはずなどない！」

「彼の言った分かりやすい言葉に騙されないでください！　皆さんの弱っているところに付け込

もうとしているんです！」

セイラは追っ手たちに訴えかける。

けれど、その言葉は火に油を注いでしまったようだ。

追っ手の目の色が変わった。

「ええい！　国を裏切った王女が戯れ言を抜かすな！　貴様のような裏切り者は、この俺が直々に斬り伏せてやる！」

激昂した追っ手たちの一人――騎士の男が剣を振り抜いた。

「セイラ！　危ねえ！」

「――っ」

至近距離から放たれた渾身の一閃。

外しようのない必中の剣はしかし、セイラの顔の前でぴたりと止められた。彼女の前髪が剣の風圧によって微かに揺れる。

剣先がセイラの額に触れ、赤い血が流れていた。

しかし、その目は揺らがない。

その様子を目の当たりにした、剣を振るった騎士の男は目を大きく見開いていた。

「なぜ……避けない……!?　斬られないとでも思っているのか!?　元王女だろうが俺は本当に容赦しないぞ！」

「構いません。斬りなさい」

「……っ」

セイラの射貫くような眼差しを受けて、騎士の男には怯えが滲んでいた。

ひげ面のその騎士に向かって、セイラは静かに告げる。

「どうしたのです。あなたの剣の腕はその程度ではなかったはずでしょう。――ハロルド」

「な、なぜ俺の名前を……？」

セイラに名を呼ばれ、騎士の男は狼狽していた。

「……あんたはこの国の王女だ。一介の騎士である俺の名など知っているはずがない。なのにどうして言い当てることが出来た？」

「……あなたは私のことをまだ、王女と呼んでくれるのですね」

セイラはふっと微笑みを浮かべると、

「同じ国を守る同志の方々ですから、覚えていないはずがありません。騎士団や衛兵団の皆さんの顔と名前は全員把握してます」

躊躇《ためら》いもなくそう言い切った。

騎士の男から視線を動かすと、セイラは追っ手たちを見回す。

「あなたはアデル、あなたはゲルド、ガストフ、フォルカー。ビクトール。後ろにいる彼はフォルクハルトですね」

自身の発した言葉を証明するかのように、セイラはその場にいた追っ手の衛兵や騎士の名前を淀みなく言い当てていった。

まさか王女に覚えられているとは思っていなかったのだろう。名を呼ばれた者たちは石になったように硬直していた。

皆、戸惑い、立ち尽くしている。

「私は王都アスタロトに流れ着いてからずっと、衛兵として戦ってきました。時には騎士団の方々と協力して死闘を繰り広げてきました」

セイラは言った。

「彼らは皆、命を賭して戦っていました。この世界を守るために。あなたたちがしようとしているのはそれを踏みにじる行為です」

「だが、魔王様を復活させなければこの国は……」

うわ言のように呟く騎士の男は苦しげだった。

「魔王復活なんて手段に頼らずとも、この国は立ち直ることが出来ます。私がそれを身を以て証明してみせます」

セイラは追っ手たちに告げる。

胸に手を置き、怯まずに真っ向から見据えながら。

「私が今ここに立っているのは、その覚悟の表れです。裏切り者だと思うのなら、あなたたちは私のことをどうぞ斬ってください」

追っ手たちはセイラに斬りかかろうと武器を構える。

しかし、一切の恐れを感じさせない彼女の立ち姿を前に気圧されたのか、構えた武器を振り下ろすことが出来ないでいた。

「さあ、斬りなさい！」

セイラが追っ手たちを焚きつけるように叫んだ。

「……お、俺には出来ない」

衛兵の男はぽつりとそう呟くと、構えていた槍を力なく下ろした。

「……アリア様は俺が任務で怪我をした時、手当をしてくださったんだ。こんな末端の俺にも優しくしてくださった。そんな恩人を斬れるわけがない」

それを聞いた壮年の騎士の男は、構えていた剣を下ろした。

「……私は娘が病に伏した時、薬を手に入れるために奔走していただいた。一介の騎士のためにも彼女は全力を尽くしてくださった」

「ソドム様はアリア様を国に仇をなす魔女だと言うが、私には信じられない。彼女を斬ることなんて出来ない」

追っ手たちは次々と武器を下ろしていった。

彼らは皆、セイラに世話になった経験があるのだろう。セイラは母国にいた時から誰にでも分け隔てなく接していたのだ。

だからこそ、彼らはセイラに斬りかかることが出来ない。

力なく武器を下ろし、項垂れる追っ手たちに対し、セイラは想いを告げる。

「私の言葉を信じてください。アリア・ソーサラーのこの国に対する想いを。覚悟を。私は皆さんを――この国を救うために戻ってきました」

そして彼らの心に届けるように訴えた。

「私たちを父の下まで連れていってください。そして見定めてください。私があなたたちの信頼に値する存在なのかを」

セイラを見つめる追っ手たちの目にはもう、先ほどまでの敵愾心はなかった。暗いトンネルの果てに光を見つけたような――そんな表情をしていた。


追っ手たちは俺たちを王城まで連れていってくれた。

完全にセイラのことを信じたわけではない。

ただ、彼女の言葉に心を動かされたのは確からしい。

通信魔法を用いて他の追っ手の隊と連絡を取ると、自らが担当している持ち場――他の追っ手たちがいないところを進んでいった。

誰とも遭遇することなく王城の前にやってくる。

「我々はここに残り、援軍が来た時に食い止めます」

ここまで連れてきてくれた追っ手たちが言う。

「アリア様、ご武運を」

「ありがとうございます。皆さんの想い、ムダにはしません」

俺たちは王城の中へと侵入する。

城内にも見張りの兵たちが配置されていた。しかし、それは追っ手として駆り出された者たちに比べると遙かに見劣りする数だ。

ファムの隠密スキルもあり、気づかれることなく無力化する。

やがて最上階——王の間へと辿り着いた。

……この扉の向こうに恐らくはバロンがいる。

両開きの重厚な扉を開ける。

部屋の奥には豪奢な王族衣装に身を包んだ男が背を向けて立っていた。その男は窓の外を眺めたまま声を発した。

「私は敵を仕留めたという報告を受けたはずなのだがね。……なぜ仕留めたはずの敵たちがそこにいるのかな？」

荘厳な声が王の間に響き渡る。

振り返った男は、俺たちを見下ろしてきた。

皺の刻まれた厳めしい顔つき。

背丈は高く、王族衣装を着ていても分かるほどの恰幅の良さ。

ソドム王は剣聖と称されるほどの強さを誇っていたとセイラが言っていた。彼女の言葉はどうやら正しかったようだ。

佇まいに強者としての風格を宿している。

「追っ手の連中が虚偽の報告をしたのか。……アリアにほだされたか。奴らには後に重い罰を与

えることにしよう」

ソドム王はそう言うと、両手を開けて笑みを浮かべた。

「アリア、よく帰ってきたな。それにアルマも。遠路はるばるご苦労だった。父に対して積もる話もあるだろう。かつて私がお前を捕らえようとしたこと、許して欲しい。私はただおかしなことを口にするお前に反省を促したかっただけだった。処刑を執行する気など毛頭なかったのだ。どうか信じて欲しい」

「父の名を騙るのは止めてください」

セイラは向けられた微笑みを一蹴した。

「あなたは私の父――ソドムではありません。魔王軍の四将――バロンでしょう。いくら甘言を並べようが騙されはしません」

「……娘の反抗期には困ったものだな。どうすれば分かって貰えるか。一度腹を割って話し合いの場でも取ろうか」

あくまでもソドム王を騙ろうとするバロンに対し、セイラは告げた。

「いずれにせよ――私は父が魔族と通じている現場を見ました。なら私はこの国の王女としてあなたを斬らねばなりません」

「…………」

そう告げると、セイラはソドム王に向かって剣先を突きつける。それはソドムだろうがバロンだろうが、有無を言わせずに斬り伏せるという意思表示。

その瞬間――ソドムの表情から笑みが消える。呆れたようにため息をついた。その目はガラス玉のようになっていた。

「――やれやれ。せっかくの再会だというのにつれないな。もうちょっと喜んでくれてもいいんじゃないか？」

ソドム王の皮の下から、バロン本来のものであろう残虐な笑みが顔を覗かせる。見る者に反射的な恐怖を抱かせる表情。

バロンは俺たちを見回すと、アルマへと目を留めた。

「……アルマ、君は突如国から姿を消したと思っていたが、生きていたのか。アリアたちと合流していたとは。偶然もあったものだ」

バロンはそう言うと、

「どうだい。恐らく君は、記憶喪失になっているんじゃないか？」

「む。なぜそれを？」

「いや、それならいいんだ。物事が正しく動いている証拠なのだから」

どういう意味だ……？

バロンは含みを持たせた言葉を吐いた後、俺に視線を向けてきた。

「――君がジークか。初めましてだね。話は聞いているよ。これまで散々部下たちが世話になったそうじゃないか」

「魔王軍の四将に知って貰えているとは光栄だな」

俺は言った。

「だが、俺はお前の世話をしたつもりはない。お前自身は戦わず、安全な場所から高見の見物を決め込んでいただけだろう」

「将が前線に出るのは愚かな選択だからね」

バロンはそう言うと、

「これまでのアスタロトへの侵攻が失敗したのは君がいたからと聞いている。一度ならず二度までも。大した実力じゃないか」

穏やかな笑みを浮かべながら語るバロンだが、その声の底には俺に対する隠しきれない苛立ちがこびりついていた。

「……二度もというのは解せないな。ソーサラー王国の兵たちを操り、侵攻してきたのはお前が裏で糸を引いていたからというのは分かった。俺が気づいていないだけで、他にもお前の差し金があったということか？」

「そうだとも。君さえいなければ一度目の侵攻——あのナハトとか言う冒険者の男が魔物を率いて侵攻した時に、魔王様は復活していたのだから」

「……何だと？」

どくん、と。バロンの言葉を聞いた俺の心音は大きく撥ねた。

目の前の景色が揺らぎ、平衡感覚が失われそうになる。乱れた呼吸を整え、理性を失わないように心がけながら尋ねた。

「……今、お前はナハトと言わなかったか？　奴が王都に侵攻してきたことに、お前が関与していたというのか？」

「ああ。彼に王都を襲うようけしかけたのは私だよ。魔族に堕としたのもね。正確に言うと私の差し向けた部下だが」

視界に映るバロンが赤く染まっていた。

こめかみが脈打つ。全身の血が煮えたぎるように熱い。噴き上がってくる激しい怒りに理性が押し流されそうになる。

ナハトが人道を逸れたのは、バロンが唆したからだというのか。

エストールの街を壊滅させ、多くの人間を殺め、魔族に身をやつし、魔物を率いて王都を襲ったナハトの裏でこいつは糸を引いていた。

バロンがナハトを唆さなければ、ナハトは死なずに済んでいたかもしれない。人の道を逸れずにいられたかもしれない。

今となっては無意味な仮定だ。

けれど、考えずにはいられなかった。

「……まさか、お前がナハトを魔族に引きずり込んだ黒幕だったとはな」

「――そうか。君がナハトの劣等感の源となった仲間だったのか。君を殺したいがためにナハトは魔族に身をやつしたわけだ」

バロンは俺の反応を見て思い当たるところがあったらしい。

「彼は激しい劣等感を抱いていたようだからね。煽動するのは実に容易かった。私の駒としてよく働いてくれたよ」

「——もうそれ以上喋るな」

戦いで冷静さを欠いてしまっては足をすくわれる。

そう自分に言い聞かせる。

さもないと怒りで我を忘れてしまう。

「セイラ、俺にもバロンを倒さなければならない理由が出来た」

「——はい」

こいつはここで始末しなければならない。

ナハトの仇を討つためにも。

俺は剣を抜き放つと、臨戦態勢になる。

仲間たちもそれぞれ武器を構えた。

「私を追い詰めたつもりかもしれないが。追い詰められたのは君たちの方だ。将である私が周りに誰も忍ばせていないとでも思ったか」

バロンの呼びかけに応じて、陰に潜んでいた騎士たちが姿を現した。

いずれも俺たちに対して強い敵意を抱いているのが伝わってくる。

セイラが騎士たちに向かって訴えかける。

「止めてください！　あなたたちも聞いていたでしょう⁉　今、ここにいるのは父の姿を借りた魔族なのです！」

「ムダだよ。彼らに君の声は届かない」

とバロンは口元を歪めた。

「なぜなら――彼らは人間ではないからね」

「えっ？」

「彼らは私の部下の魔族たちだ。人間に姿を変えて騎士たちの中に紛れ込んでいた。その方が煽動も容易いからね」

バロンが指を鳴らすと、掛かっていた幻惑魔法が解けた。

騎士たちの容貌が歪み、元の姿を取り戻す。

その頭部には魔族であることを示す角が生えていた。

この国の中枢に潜り込んでいたのはバロンだけではなかったらしい。多くの魔族たちが巣くっていたのだ。

「そうか。それを聞いて安心した」と俺は言った。

「安心？」

怪訝な表情を浮かべたバロンに対して、俺は告げる。

「魔族であれば、遠慮なく仕留めることが出来るからな」

「……ふん。その余裕がいつまで持つか見物だ」

バロンは嘲るように笑みを浮かべた。

「ここで君たちを仕留めれば、王都アスタロトは陥落したも同然だ。魔王様の復活の日はすぐそこにまで迫っている」


魔族たちが徒党を組んで襲いかかってくる。

振り下ろされた剣をパリィして弾くと、隙だらけの敵を斬り伏せる。急所を突き、一撃で仕留めることが出来た。

「奴には構うな！　まずは他の者を狙え！」

バロンが部下の魔族たちに指示を出す。

魔族たちは俺を無視して仲間たちを狙おうとする。

――そうはさせない。

「――アイアンターゲット！」

スキルを発動すると、敵の意識が強制的に俺へと向いた。自分の意思に関係なく、敵の攻撃は全て俺に集まってくる。

俺はそれらを全て受け止めた。

無防備になった敵連中を、他の仲間たちが次々と倒していく。

スピノザは大槌を振るい、セイラとアルマは剣を駆使し、ファムが弓で援護する。単純な火力だけなら一国の軍隊にも匹敵するだろう。

「はは！　やっぱジークがいると戦いやすいぜ！」

「安心して攻撃だけに集中できます！」

「うむ。自分が強くなった気がするな」

「だけど敵に矢を当てるのが簡単すぎて、自分の腕が鈍らないか心配になるよ。彼の存在は味方をダメにしかねないね」

戦いが始まった時点では敵の方が圧倒的に数が多かった。

だが、今やその差は逆転していた。

味方の魔族が殲滅されていく光景を目の当たりにして、バロンの余裕めいた笑みは次第に引きつったものになっていた。

「くっ……！　まさかここまでのものとは……」

バロンは倒れた魔族たちに叱咤を飛ばす。

「お前たち、まだ戦えるだろう！　立て！」

しかし魔族たちは物言わずに床に伏せていた。

その様子を前にバロンは忌々しげに舌打ちをする。

「こ、この役立たずどもめ……」

「部下に頼らず、自分で掛かってきたらどうなんだ」

俺はバロンを挑発する。

「……いいだろう。望むところだ」

バロンは身に纏っていた王族のマントを脱ぎ捨てると、自らを奮い立たせるように雄叫びを上げた。

剣を抜くと、大きく振りかぶってから勢いよくそれを振り下ろす。

「剣聖の身体を支配する私に敗北はない！」

剣が大気を薙いだ次の瞬間――。

放たれた衝撃波が王の間を駆け抜けた。

それは仲間たちを呑み込もうと迫り来る。

「――っ！」

俺は彼女たちの前に立ち塞がると、衝撃波を受け止めた。

魔族たちのものとは比べものにならないほどの威力だ。

さすがは剣聖と称されるだけのことはある。

ソドム王の肉体は桁違いの強さを誇っていた。

「他の者たちが倒れようと、私が倒れない限り戦いは終わらない。私一人いれば君たちを倒すことは可能だ」

バロンは怒濤の勢いで剣を繰り出してくる。暴雨のような剣戟《けんげき》を、俺は盾を使うことで何とか防ぐことが出来ていた。

神速の剣であっても、何度も食らううちに剣筋を捉える。

――見えた！

振り抜かれた剣にタイミングを合わせて盾で弾いた。

「――ぬっ⁉」

パリィを決めると、バロンは身体を仰け反らせた。

俺はすかさず剣を振るう。

刹那――バロンの左腕が宙を舞った。

血しぶきが飛び散る。

「今だ！　掛かれ！」

そこに仲間たちが一斉に攻め入った。

バロンはそれらを必死に捌いていたが、俺たち全員を相手取るのは至難の業だ。尚且つ今は片腕を失ってしまっている状態。

明確な隙が顔を覗かせた。

「セイラ！　行けっ！」

「――はいっ！」

セイラがバロンの間合いへと飛び込む。

バロンはセイラを迎え撃とうと反応するが、バロンの反応速度よりもセイラの繰り出す剣の速度の方が勝っている。

それはビキニアーマーという身軽な装備に加え、日々研鑽を欠かしていない彼女の剣の腕だからこそ可能な芸当だった。

獲った、と思った。

だが――。

振り抜こうとする瞬間――セイラの剣には一瞬迷いが生じた。

バロンはその迷いを見逃さなかった。セイラの繰り出した剣を寸前で躱すと、返す刀で彼女を斬り伏せようとする。

――マズい！

「――アイアンターゲット！」

バロンの振り払った剣は傍にいた俺へと飛んできた。

危ないところだった。

少しでも発動が遅れていたらセイラに直撃していたことだろう。

バロンは後ろに退き、互いに間合いを取り合う。

「ジークさん、すみません……」

「いや、ソドム王はお前の父親だ。躊躇が生まれるのは当然だ」

「……どうにかバロンの支配から父を解放させることは出来ないでしょうか。手に掛けずに済むような方法は……」

「なるほど。そういうことか」

バロンは得心したようにほくそ笑んだ。

「ソドム王を殺めたくなくて、トドメを刺せないということか。好都合だ。ならこちらは遠慮なく攻めさせて貰おう」

再び襲いかかってきたバロンの攻撃を受け止める。

仲間たちも攻めはするものの、致命傷を与えるまでには至らない。セイラの父親を手に掛けることを躊躇しているようだった。

「マズいな。このままでは……」

俺たちは劣勢に追い込まれつつあった。

「さすがの君も、これだけのダメージを喰らえば弱るらしい」

傷を負った俺たちを見下ろしながら、バロンがほくそ笑む。

「せめてもの手向けとして、君たちに良いことを教えてあげよう。この国は長らく作物の不作と魔物の襲撃に悩まされていたが――それを引き起こしたのはこの私だ。魔王軍の四将である私の存在がこの国に瘴気を呼び込み、作物の不作を招いた。魔物たちが異常なほどの襲撃を仕掛けてきたのも私が裏で糸を引いていたからだ。国が弱れば、そこにつけ込み、国民を扇動することが出来ると考えたからね」

バロンは自分の手柄をひけらかすように言う。

「何もかも私の手のひらの上だったんだよ。そして私は君たちを倒し、光のオーブを奪取することで長年の計画を完遂する。何人たりともこの私を止めることはできない。君たちにソドム王を殺めることは出来ないのだから」

「くっ……！」

「さあ。いつまで持つか見物だな」

バロンは再び、怒濤の攻撃を繰り出してくる。

このままでは持たない……と心に一瞬よぎった時だった。


『……アリア、斬れ！』


バロンの身体から声が聞こえてきた。

だが、それはバロンの声の質とは異なるものだった。

荘厳さを纏わせたその声を耳にした途端、セイラははっとしたように目を見開いた。恐る恐るというふうに尋ねる。

「その声は……父上……なのですか？」

『そうだ。奴が片腕を失ったことで声を届けることが出来ている。……だが、私の意識もそう長くは持たないだろう』

一時的に自我を取り戻したソドム王がセイラに向かって告げる。

『私はバロンに支配されてしまった。助かりはしないだろう。——だからアリア。私ごとバロンを斬り伏せろ』

「……ですが」

『この国の王女としてお前が守るべきなのは私の命ではない。国民の命だ。だったらどうすればいいのかは分かるだろう』

「それは……」

分かっています、とセイラは聞こえないくらいの小さな声で呟いた。

ソドムを斬ることが自分の役目だとは重々理解している。しかし、実の父に手を掛けることはそう簡単に割り切れはしない。

躊躇するセイラに、ソドム王が告げる。

『アリア。私はお前に教えたはずだ。大切なものを守るには強くなければならない。そうでなければ何も守ることは出来ないと』

「……はい」

『お前は一時の感情に身を任せて大局を見誤ってしまうような――どうしようもなく弱い人間だったのか？』

「……っ」

セイラはソドム王の言葉を受けて、唇を噛み締めた。

『お前は私の娘だ。そしてこの国の王女だ。優先すべきものをはき違えるな。お前が私を斬り伏せてこそ、私は報われる』

ソドム王はふっと語調を和らげると、

『……お前はまだ私から一本も取ったことがなかったな。これが最後の打ち合いだ。私を倒すことで証明してみろ。強くなったのだと』

『そうすれば、私は安心して逝くことが出来る』

「……父上」

その声色は王としてのものではなかった。

父が娘に話しかける時の――優しい声色だった。

「おっと。いい加減、おしゃべりが過ぎるな」

バロンはソドムの意識を抑え込んだようだ。自我を取り戻していた。

「ソドムの奴め……まだ精神が残っていたとは。さすがは剣聖だ。だが、もうこれで表に出てくることは出来ないだろう」

そう言うと、笑みを浮かべた。

「さあ、これまでの続きを始めようじゃないか」

ソドム王の意識が消えた後も、セイラはその場に立ち尽くしていた。俺は思わず彼女に声を掛けていた。

「セイラ」

「大丈夫です」

俺が呼びかけると、セイラがそう返事を返してきた。

その声に先ほどまでの迷いはなかった。

「皆さんは下がっていてください。私が父を倒します」

顔を上げたセイラは、バロンを――父親をまっすぐに見据えていた。その澄んだ眼差しには強い決意の光が灯っていた。

アリアは昔から争いを好まない子だった。

他人と利害が衝突しても争うようなことはなく、自分が損をすることになろうと相手を優先してあげるような優しい子だった。

私が剣の稽古をつけてやった時もそうだ。

剣聖と称された私の血を引くだけあり、アリアの剣の筋は悪くなかった。しかし、彼女には致命的に欠けているものがあった。

何としてでも敵を倒してやろうという攻撃性。心優しいアリアは、他人に対する攻撃性をまるで持ち合わせてはいなかった。

そしてその攻撃性は、戦いにおいてはもっとも必要なものだった。

私はアリアを強く育て上げたかった。

平和とは力という抑止力の上に成り立つものだ。

言葉で人を動かすのも大事だが、国民たちの上に立つのであれば、彼らを従わせることの出来る強さを身につけねばならない。

それ故に厳しく稽古をつけた。

だが、彼女は私の想いには応えてはくれなかった。

剣の腕は上達していたが、私の思う強さは得られてはいなかった。打ち合いにおいても一本も取ることが出来ずにいた。

闘争心にこそ欠けるアリアだが、意外と芯の強いところがあった。

貧困街の住民であるアルマを登用しようとした時もそうだ。

私も含めた王宮の者たちは皆、アリアの選択に反対した。貧困街の住民を王女の親衛隊にするなど聞いたことがない。

だが、アリアは全く譲らなかった。

身分など関係ない。適性がある者がその職につくべきだと。そう言って憚らない彼女の強い意志に折れる形で、アルマの登用を許したものだ。

それから私はアルマにも剣の稽古をつけることにした。

アリアの言う通り、アルマには剣士としての才能があった。アリアにはない攻撃性も充分に持ち合わせていた。

毎日のように二人を相手に打ち合いをしたものだ。

……私はアリアには戦う才能がないと思っていた。

だが、その認識は誤りだったようだ。

今、私に向かってくるアリアは見違えるように動きが良くなっていた。身のこなしも剣の腕前も格段に上がっていた。

何より——。

彼女に一番欠けていたもの——何としてでも敵を倒してやろうという剥き出しの攻撃性がこれ以上ないほどに出ていた。

今分かった。アリアは守るために力を発揮できる子だった。この国や仲間たちのために本気を出すことが出来るのだ。

道理で打ち合いでは発揮できなかったわけだ。

気づけば、私はバロンの支配から逃れ、アリアと打ち合いをしていた。

だがこれは一時的なものでしかない。

バロンが今この瞬間にも主導権を取り戻そうと抗っているのが分かる。

……これまで散々、お前には私の身体を好きに使わせてやってきただろう。

今だけは——娘との時間だけは邪魔するな。

これは父と娘の打ち合いだ。

私が娘に指導してやれる最後の機会なのだから。

私はバロンの支配に抗いながら、アリアとの打ち合いを続ける。

そうだ。

右からの斬りかかりにはそう対応する。

何度も口酸っぱく教えたことだ。

どれだけ打ちのめされようと、アリアは諦めずに私に向かってくる。その光景はまるで稽古を付けていたあの日に戻ったかのようだ。

しかし、昔よりもずっと強くなっていた。

左の肩口を狙って振り下ろされた一撃。

アリアはいつも、私のこの攻撃に対応することが出来なかった。

なすすべもなく喰らってしまい、よく泣いていたものだ。

だが——今日は違っていた。

アリアは機敏な動きで私の一撃を躱すと、一気に間合いへと踏み込んできた。それは私の想像を遙かに超えるような——洗練された動きだった。

これまでに何度も繰り返してきたのだろう。

想像を絶する、血の滲むような鍛錬の痕が窺える。

そうか。アリア、お前はずっと、戦い続けてきたのだな。

私がバロンに支配されている間、この国を取り戻そうと必死に……。

「はあああああっ！」

裂帛《れっぱく》の気合いと共に放たれた一撃。

閃《ひらめ》いた剣の先端が、私の心臓をまっすぐに貫いた。

それは文句の付けようがない——完璧な一振りだった。

私はその場に崩れ落ちると、膝をついた。ゆっくりと見上げる。

アリアは私を見下ろしながら、涙を流していた。

ぼろぼろとこぼれ落ちる大粒の涙が床の上に染みを作っている。

……アリア。泣く必要はない。胸を張れ。お前は私から一本取ったのだ。たとえ、片腕を失っている状態だったとしても。

見事な一撃だった。

これで安心して逝くことが出来る。

最後に声に出して伝えたかった。だが、それは贅沢というものだろう。だから、私の心の中にだけ秘めておくことにする。

アリア——お前は私の自慢の娘だ。


セイラの繰り出した渾身の一撃は、バロンの心臓部を貫いた。

バロンは血を吐くと、糸が切れたかのように膝からその場に崩れ落ちた。信じられないというように呻き声を上げる。

「バカな……」

完全に致命傷だ。

もうこれ以上、抵抗することは出来ないだろう。

「終わりだ。バロン」

俺がそう告げると、力なく項垂れていたバロンは忌々しげに歯噛みする。

「……君たちは一つ思い違いをしている。私を倒したところで、この国のアスタロトへの侵攻を止めることは出来ない」

古井戸の底から這い上がってくるような、暗い声。

「私が没した後も、私が彼らに植え付けた思想は残り続ける。彼らはアスタロトに戦争を仕掛けるだろう。私がここで敗れようと、大局は変わらない。今のアスタロトの戦力ではソーサラー王国の侵攻を止めることは出来ない」

　バロンはふっと口元に嘲笑を浮かべた。

「詰んでいるのは私ではない。君たちの方だ」

「いいえ。私たちは詰んでなどいません」

　返す刀でそう言ったのは、セイラだった。

「あなたを倒した後、国民たちを説得します。私は彼らの洗脳を解いてみせます。戦争を起こさせはしません」

「ほんの数人、追っ手たちを説得したくらいで大層な自信だ」

　バロンは鼻を鳴らす。

「私の洗脳はこの国の人間全てに掛けられている。数人の洗脳を解こうが、大きなうねりは止められはしない」

　それに、と続けた。

「君はこの国を裏切った敵――魔女ということになっている。そんな人間の言葉に国民が耳を貸すとは思えない」

「耳を貸して貰えなくても、私は訴え続けます」

「捕まって、処刑されてしまうとしてもか」

「その覚悟は出来ています」とセイラは言った。

「……分からないな」

バロンは不可解だというふうに言う。

「……今の君は国民たちから憎まれているんだよ？　なのになぜ、そんな彼らのために命を賭けられるんだい？」

「私は父に教わりました。民がいなければ、王族は王族たりえないのだと。だから、私はこの国の王女として民のために尽くします」

「それが王族の責務だから？」

「ええ」とセイラは頷いた。「けれど、それだけじゃありません。私はソーサラー王国の皆さんを愛していますから」

「ははは！　愛とは！　これは傑作だ！」

バロンは大げさに笑ってみせた。そして挑むような眼差しで、セイラを睨めつけるように見据える。

「ならば精々、あがいてみるといい。君の必死なあがきがムダに終わり、踏みにじられる様を見るのが楽しみだ。国民を止めることが出来ず、自分の無力さを痛感し、失意のうちに殺されていくのをね」

「戦争は起こさせないし、セイラも殺させはしない。俺たちが守るからな。それにお前を倒せばこの国を覆う瘴気は晴れるのだろう」

「だが、国民は止められはしない。完全に瘴気が晴れた頃には、何も知らない彼らは私の言葉を信じてアスタロトに侵攻した後だろうな」

　バロンは言った。

「そして国民たちはアスタロトを攻め落とし、魔王様を復活させた後、自らの行為が間違っていたことを知る。この国を救ってくれるはずの魔王は、破壊と混沌だけをもたらす邪悪だったのだと。王女の言っていたことが正しかったのだと。すでにこの国に災いをもたらしていた瘴気は晴れていたことを。そう気づいた時の彼らがいったいどんな表情を浮かべるのか――想像するだけでワクワクするね。直接見ることが出来ないのが残念だ」

　勝利を確信して高笑いを浮かべるバロンを前に、

「大丈夫だよ」

　とファムが焦った様子もなく言い放った。

「そんな光景は誰も見ることは出来ないから」

「……なんだと？」

「この国の人たちは、魔王を復活させることが国を救う――ソドム王の姿を借りて言ったバロンの言葉が正しいと思っている。それが間違いであると気づくことが出来れば、洗脳を解くことは出来るはずさ」

「だが、それを国の人間全員に気づかせるというのは難しいんじゃないか？　とても時間が足りないと思うが……」

「それなら問題ないよ。すでに策は打ってある」

「……どういうことだ？」

バロンは怪訝そうにファムを見やる。

ファムはふっと笑みを浮かべた。

「さっきのセイラとの問答は全て、僕の通信魔法で国中に発信されている。王都の至る所に設置された拡声器を通してね」

「なっ――!?」

その言葉に動揺を隠せなかったのはバロンだ。

「バカな！　いつの間に……!?」

「君が拡声器を使ってこの国の人間に指示を出しているのを見て思いついたんだ。セイラとのやりとりを聞いて貰おうとね」

ファムはしてやったりというふうに微笑む。

「僕は元スパイだからね。工作は得意なんだよ」

追っ手の騎士たちにバロンの下に案内して貰う際、ファムは王都に設置されていた拡声器を調べているようだった。

あの行動は拡声器に自分の通信魔法を通せるかを確認していたのか。

「セイラの想いはこの国の人たちに届いたはずだよ。それにこの国の王様の正体もちゃんと皆に伝わったはずさ」

「……っ！」

先ほどの二人のやりとりを国民が聞いていたのなら、バロンが悪意を持った魔族であることは充分に伝わっているはずだ。

奴を倒すことで瘴気が晴れ、この国が救われるのだということも。

「どうやら、お前の野望はここまでのようだな。バロン」

バロンは忌々しげに俺を睨み付けてくる。その表情が、奴の目論見が打ち砕かれたことの何よりの証拠だった。

「……これで勝ったと思わないことだな。私はまだ終わってはいない」

言い終わるのと同時、バロンは力尽きた。

項垂れ、床に倒れたバロンの身体は、完全に生命活動を停止していた。

それを見下ろしながら、セイラが呟いた。

「――終わりました、長い戦いが。ようやく」

息をつく彼女は、万感の思いを抱いているのだろう。

バロンに国を乗っ取られてからずっと、この日が来るのを待ち望んでいた。そして彼女は自らの強さでそれをたぐり寄せたのだ。

バロンもろとも父親を斬り伏せることによって。

「……父上、見ていてくれましたか」

「セイラ。まだ全てが終わったわけではない」

「ええ。分かっています。安堵するにはまだ早いですよね」

「ファムの施策のおかげで、それも問題なく進みそうだが」

「うふふ。褒めてくれてもいいんだよ？」

「ああ。それは後でたっぷりとな」

　俺たちは王の間を後にしようとする。

　俺はふと違和感を抱いた。

　――バロンはソドムの身体を乗っ取ったと言っていたが……。だとすれば、奴の本体はいったいどこにあるんだ？

　去り際に振り返ると、バロン――ソドム王の亡骸を見やる。

　すると、その時だった。

　ソドム王の亡骸からずりゅりと這い出してくるものがあった。

　それは直径十センチにも満たないようなイモムシのような生物。生理的嫌悪を抱くその一つ目の生物の頭部には、角が生えていた。

　そいつと目が合った瞬間、イモムシはびくっと震えた。

　その態度を見た時に得心がいった。

「なるほど。お前がバロンの正体だったわけか」

　俺は一つ目のイモムシをつまみ上げた。

「卑怯者のお前にはふさわしい姿じゃないか。人の体内に侵入し、内側から支配していたと――そんなところか？」

「あ……」

「逃がしはしない。これで終わりだ」

抵抗する暇も与えず――。

俺は指先で摘まんでいたイモムシ――バロンの本体を握りつぶした。ぶしゅっという音と共に紫色の体液が飛び散る。

魔王軍の四将とは思えないほどの、それは実にあっけない最期だった。あとは国民たちを止めるという後始末をするだけだ。

第九話　戦いの後に

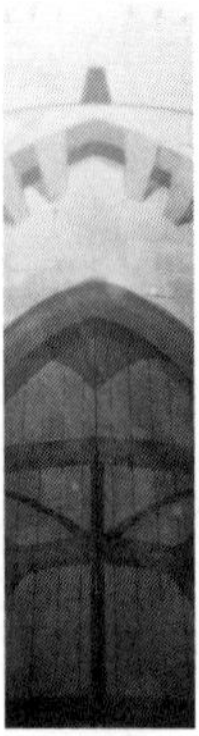

ファムの仕掛けた作によってバロンの本性が国中に放送されたことで、ソーサラー王国の人々に掛かっていた洗脳は解けた。

魔族のバロンによって煽動されていたことを知った今、ソーサラー王国の軍が王都アスタロトへ侵攻する理由はなくなった。

アリア——ソーサラー王国の王女の名の下に戦争は中止され、アスタロトと停戦協定が結ばれることとなった。

王都に戻ると俺たちは停戦協定の文書を王城へと届けた。

「貴公らの此度の働き、誠に大義であった」

アスタロト王が俺たちに労いの言葉を掛けてくれる。

「グレゴールの謀反の件もあり、王都の戦力は手薄だったからな。戦争が起こっていたら甚大な被害は免れなかっただろう」

「お前たちなら、必ず成し遂げられると信じていましたよ」

光の巫女であり、王女であるソニアが言った。

「ソニア様にご信頼いただけるとは光栄です」

「……ジーク」

「は。何でしょう？」

「私はそのような呼び名をしろと言いましたか？」

　ソニアは俺に向けて怒ってみせた。

　彼女は以前、俺に名で呼ぶように言ってきたのだ。

「そう言われましても……。公的な場ですので」

「まあよい。重い女だと思われるのは心外ですからね。しかしセイラ、お前が本当にソーサラー王国の王女だったとは」

　ソニアはそう言うと、セイラに向かって頭を下げた。

「お前の言葉を信じなかった、これまでの非礼を詫びます」

「そんな！　頭を上げてください！　いきなり姫を名乗る者が現れたら素直に信じる方がおかしな話ですから」

　セイラは慌てふためいていた。

　謁見を終えた俺たちは王城を後にする。

　公の場というのはいくら経験しても慣れない。俺が凝った首を回していると、スピノザも同じような仕草をしていた。

　他の面々は気にした様子もない。

　……なぜだろう。釈然としない気持ちに襲われる。

　衛兵の詰め所に戻る道中だった。

俺はそれとなくセイラとアルマに尋ねた。

「お前たちはこれからどうするんだ？　ソーサラー王国に戻るのか？」

「正直に言うと、まだ決めかねています」

セイラは答えた。

「国を立て直すまではしばらくソーサラー王国に戻って、それからまたこちらでお世話になるかもしれません。衛兵としてこれからも皆さんと戦いたいですから。王都を守ることはソーサラー王国を守ることにも繋がりますし」

「おいおい。衛兵なんかより、王女の方が絶対良いだろ。何ならあたしがセイラの代わりに王女をしてやろうか？」

「なんでだよ」

「君ほど王女が似合わない人もいないよ」

俺とファムが同時にツッコミを入れる。

「ソーサラー王国は私の故郷ですが、アスタロトもまた私の第二の故郷です。同じように皆さんのことを愛しています」

そう語るセイラには後光が差して見えた。

彼女は女神なのだろうか？

それにしても、セイラは憑き物が落ちたような表情をしていた。これまで背負っていた重荷をようやく下ろせてホッとしたのだろう。

「アルマは？　どうするんだ？」

「うーむ。私は特に戻ることは考えていないな。記憶も戻っていないし。母国と言われてもいまいちピンとこない」

「結局、記憶は戻らずじまいか」

「うむ。さっぱりだ。何一つ思い出せなかった」

「普通、ちょっとは戻りそうなものだが」

　俺はそう言うと、

「だが、バロンの言っていたことは気になるな」

　バロンはアルマの記憶喪失の理由を知っているかのようだった。もしかすると奴が何か関わっているのかもしれない。

「それにしても残ると言ったのは意外だったな。ソーサラー王国に戻れば親衛隊長の座につける。衛兵よりずっと待遇もいいぞ」

「戻ったら、知らない者たちばかりのところで働くことになるのだろう。また一から人間関係を構築するのは面倒だからな」

「威張りながら情けないことを言うな」

　腕組みをし、胸を張りながらそう言い放つアルマに思わずツッコむ。

「それに」

「それに？」

「まあ、なんだ。私は割と今の環境が嫌いではないのだ」

アルマは照れくさそうに頬をこりこりと掻きながら呟いた。

それを聞いたスピノザはにやーっと愉しそうな笑みを浮かべた。

「おーおー。なんだ、あたしたちに愛着でも湧いたのか？」

「面と向かって尋ねられると照れるが……ま、そんなところだ」

アルマは気恥ずかしそうに顔を背けると、ぼそりと呟いた。

「それに私はボルトンから分隊長の座を打診されているからな。必要とされているのならここに残るのもやぶさかでない」

「僕としては、セイラもアルマも残って欲しいけどね」とファムが言った。「仲間は多い方が賑やかだろうから」

「ほう。人見知りのファムがそういうことを言うとは」

「驚いたかい？　僕も少しは成長したわけだよ」

「成長、ねえ」

「スピノザ、君はなぜ僕の身体を見ているのかな？　君の低脳さでは精神的な成長の意だと理解できなかったのかな？」

「もう、お二人とも喧嘩は止めてください」

セイラがスピノザとファムの仲裁に入る。

この光景はこれまでと何ら変わらない。

「そうだ。せっかくですし、この後、皆でご飯でもどうですか？」

「いいじゃねえか。打ち上げしようぜ、打ち上げ！」

「でも君、お金がないだろう？」

「仕方ない。今日は分隊長として俺が出してやろう」

「ひゃっほーう！　さっすがだぜ！　そうこなくっちゃな！」

「ご飯が食べられるのなら、私も喜んで参加するぞ！」

俺たちは詰め所に報告に向かうと、その足で街の酒場へ繰り出した。

隊員たち全員の会計を持つとなると痛手だが、趣味のない俺は金が余っていたし、仲間との絆を深められるのなら安いものだ。


楽しい打ち上げの夜が明けた翌朝。

深い時間まで呑んでいたこともあり、俺は珍しく寝過ごしてしまった。

窓の外には日が昇っている。

普段ならとっくに起きているはずの時刻。

寝坊はしたが、焦ることはなかった。

今日は非番だったからだ。

ソーサラー王国への潜入任務を終えた俺たちにはしばし休息が必要だろうと、ボルトンが取り計らってくれたのだった。

とは言え、特にすることもない。

朝のトレーニングをこなすと、宿舎の食堂に顔を出した。

すると、セイラに出くわした。

「ジークさん、おはようございます」

「セイラか。非番なのに早いな」

「ジークさんこそ。でも大丈夫ですか？　ソーサラー王国での戦いではかなりのダメージを受けていたと思いますが」

「問題ない。俺は丈夫なんだ」

「さすがですね。ただ、ムリはなさらないでください。もし辛かったら遠慮なく私たちのことを頼ってくださいね」

「ああ。そうさせて貰う」

俺は食堂を見回した。

「明日は雪が降るかもしれないな」

「え？　なぜですか？」

「非番で、しかも休日のこの時間にスピノザが食堂にいる」

視線を向けた先には食堂のテーブルに突っ伏すスピノザの姿。飲み会の翌日なら昼まで爆睡を決め込んでいるはずだ。

「わっ、珍しいですね」

「あれは起きているわけじゃないよ」

どこからともなくファムが姿を現した。

「というと？」

「昨夜、自分の部屋まで辿り着けなかっただけだ」

「じゃあ、昨日の夜からずっとあの状態なんですか？」

「そういうことになるね」

「なら、明日は良い天気になりそうだ」

「言ってる場合じゃありませんよ。スピノザさんを介抱してあげないと。あんなところで寝ていると身体を痛めてしまいます」

セイラはスピノザを介抱するために近づいた。

「スピノザさーん。朝ですよー。起きてくださーい」

背中をさすってあげている。

やがて、スピノザは重く閉じていたまぶたを上げた。

「うげえ……！　身体の節々がいてえ……！」

言いながら、気怠そうに顔を上げる。大きく伸びをした後、辺りの景色を見回した彼女は怪訝な表情を浮かべていた。

「あ？　なんであたしがこんなところにいるんだ？」

「昨日、しこたま飲んだからだ。覚えてないのか？」

「王城を出たところからの記憶がねえ」

「飛びすぎだろ。酒を飲み始める前の記憶にまで影響が出てるじゃないか。なくすのならせめて酒場に入ってからにしてくれ」

「ほら、楽しい時間は短く感じるって言うだろ？　それだよ」

「短いどころか無になってるが」

「つーか、アルマの奴はどうしたんだよ。姿が見えねえけど」

　スピノザがふと気づいたように言った。

「いや、今日はまだ見ていないな」

「はっはーん、さてはあいつ、まだ寝てんだろ？　だらしねえ奴だぜ。あたしたちは非番の日にも起きてるってのによ」

「君はさっきまで気絶してただろう」

　ファムが呆れながら言う。

　俺は苦笑を浮かべると、

「非番の日なんだ。戦いの疲れもあるだろうし、寝かせておいてやれ」

「アルマさんならもう起きているみたいですよ？　私が目覚めた時には、ベッドに彼女の姿が見えませんでしたから」

　そういえば、セイラはアルマと同室だったな。

「朝からどこに出かけたんだ？　もしかして酒場か？」

「お前じゃあるまいし。まあ、そのうち帰ってくるだろう」

「それもそうだな」とスピノザはあっさり切り替えた。「よっしゃ、久々の非番だし派手にぶっ込むとするか」

「スピノザさん、ギャンブルはダメですよ」

「というか君、命を懸けて稼いだお金をよくドブに捨てられるね。それはもう緩慢な自殺をしているのと同じだよ」

俺たちが各々、非番の日をまったりと過ごそうとしていた時だ。

カンカンカンカン！

外から警報の鐘の音が高らかに響いてきた。

「この鐘の音は——敵襲か」

「マジかよ……非番の日以外にしろよな」

だが、知らない振りも出来ない。

「皆さん、詰め所に向かいましょう！」

俺たちは慌てて装備を調えると、衛兵団の詰め所へと向かった。


「どうやら魔物の群れが攻めてきたらしい」

団長室に向かうと、ボルトンが状況を説明してくれる。

「かなり大規模だそうでな。そいつらを率いてる魔族がいるんじゃねえかって話だ。戦力が手薄な今の王都を狙われるとマズい」

「俺たちも加勢します」

「すまねえな。非番の日だってのに」

　ボルトンはそう言うと、

「だが、お前たちがいないとどうにもならないのも事実だ。しっかり頼むぜ」

「任せておいてください！」

「休日出勤の手当、ちゃんとつけとけよな」

「はは。窮地の時も金勘定は欠かさねえとは、頼もしくて何よりだ。——ん？　そういえばアルマはどうした？」

「知らねえ。朝からどっかいった」

　とスピノザが答えた。

「参ったな。あいつも立派な戦力の一人なんだが」

「街にいるなら、鐘の音は聞こえているはずだ。じきに合流するだろう。それより俺たちは先に門前へと向かうぞ」

「はい！」

「おう！」

「了解した」

　ソーサラー王国での戦いの傷が癒えていない状況につけ込むように、大規模な魔物の軍を率いて攻めてくるとは。

まるで図ったかのようなタイミングだ。

……考えすぎだろうか？


俺たちは王都アスタロトの正門前へとやってきた。

そこには騎士団と衛兵団の連合軍が組まれていた。俺たちが到着したのを見ると、彼らは熱量の込もった歓声を上げた。

「第五部隊だ！　第五部隊が加勢に来たぞ！」

「お前たちがいれば、どんな敵が来ようが怖くねえぜ！」

随分と信頼されているようだ。

味方の士気が高まっているのを感じる。

「……少し前までは、鼻つまみ者だったのにね」

「ああ」

「けど、褒められるのは悪い気分じゃねえな」

「皆さんの信頼に応えられるよう、頑張りましょう！」

俺たちは正門へと架かる橋――その最前線に立ち、敵軍を待ち構える。やがて平原の先から魔物たちの群れが近づいてきた。

――報告通り、かなりの数がいるな。

目視する限り、千匹近くいるだろうか。

単体の個体だけでなく、種族の違う魔物をこれだけ率いているとなると、強大な魔力を持つ魔族が将であると考えた方が自然だ。

中々、骨の折れる戦いになりそうだ。

だが、ここを通すわけにはいかない。

俺たちが魔物の群れの突破を許せば、王都は陥落してしまう。光のオーブが奪われれば魔王が現世に再臨してしまうのだから。

開戦を前に気合いを入れ直していた時だった。

味方の陣営が何やらざわついていた。

魔物の群れの中に何かを見つけたらしい。

「おい、見ろよあれ……」

最初に声を上げたのはスピノザだった。

異形の魔物の軍団の中に人がいた。馬に乗り、魔物の群れを率いている。

恐らくは魔物たちの将なのだろう。

人間が魔物を率いているということにも驚いたが、しかし、俺たちはそれが今朝から姿を消していた人物であることに驚いていた。

「おいおい、冗談きついぜ」

「……まさか魔物を率いているのが彼女だったとはね」

「──アルマさん⁉」

ソーサラー王国の親衛隊長であり、第五分隊の仲間でもある──記憶喪失だったはずのアルマが魔物の大軍を率いていた。

第十話　最後の戦い

魔物の群れを率いていたのはアルマだった。

目の前の光景は、まるで悪い夢でも見ているかのようだ。

俺は思わず呟いていた。

「なぜアルマが魔物の群れの陣頭指揮を執っているんだ……？」

「もしかして記憶を取り戻したのでしょうか？　それで洗脳されていた皆さんと同じように王都に侵攻してきたとか……？」

「いや、あいつは俺たちと共に行動していたんだ。それに仮に記憶を取り戻しても、王都に攻めてきたりはしないだろう」

だいたい、と俺は言った。

「魔物を引き連れているのは妙だ。仮に洗脳が残っていたとしても、出来ることは人間の範疇に収まるはずだろう」

人間に魔物の群れを率いることなど出来ない——はずだ。

アルマの率いる魔物の軍隊が迫ってくる。

……いずれにせよ、彼女が敵意を持っていることには変わりない。

互いの声が届く距離になると、セイラが叫んだ。

「アルマさん、止めてください！　もう戦いは終わったんです！　この国を攻める理由はありません！」

「説得してもムダだと思うよ」

　ファムが呟いた。

「恐らく――あれはもうアルマじゃないから」

「え？　どういうことですか？」

「彼女からは魔の気配を感じる。ただ洗脳されていた者とは違う――あれは魔族そのものにしか宿せない風格だ」

「それって――」

『久しぶりだね』

　馬上からアルマが俺たちを見下ろし、声を発した。

　だが、俺たちが知るアルマとは口調から佇まいに至るまで何もかも違っていた。まるで彼女の姿をしているだけの別人にも思えるような。

　その佇まいには覚えがあった。

「お前は――バロンか？」

『よく分かったね。ご名答だ』

　アルマ――いや、バロンと名乗るその人物は不敵な笑みを浮かべていた。その表情には奴の面影が滲んでいた。

　……やはりそうだったか。

　だが、解せないことがある。

「お前は俺が潰したはずだ。なのになぜ、アルマの姿でここにいる？」

『その問いに対する答えはこうだ。アルマの身体を乗っ取ったからだよ』

「……なんだと？　いつお前がアルマに接触した」

『私は彼女に自らの卵を産み付けていたんだよ。それが孵化したことにより、彼女の身体の所有権はこちらに移った』

　バロンはにやりと笑った。

『私は他者に卵を植え付け、それを孵化させることでその身体を乗っ取れる。私が死ぬと卵は自動的に孵化されるんだよ』

「なるほど。お前はそうやって、人から人に宿主を移っているわけだ」

　ソーサラー王国で対峙したバロンもまた、元の奴の姿ではなかった。こいつは人に寄生して支配することで生きながらえている。

『そう。アルマは私にとってのスペアだったわけだ。便利だろう？』

　バロンは言った。

『ただ、私の支配に耐えられる個体はそう多くはなくてね。ソドムや彼女のように強い力を持つ者でなければ壊れてしまう。現にアルマも私が卵を植え付けたことにより、記憶を失ってしまっていた』

アルマは卵を植え付けられた後遺症で記憶を失ってしまった。

そして俺たちの下へと流れ着いたというわけか。

「……だとすれば、アルマさんは……」

バロンの言葉を聞いたセイラが、恐る恐るというふうに尋ねた。開けてはいけない箱に手を掛けるかのように。

『もうどこにもいない。私が乗っ取ってしまったからね。彼女の人格はこの世から跡形もなく消えてしまった』

「そ、そんな……！」

アルマが消えてしまったと聞き、セイラは動揺を隠しきれずにいた。

そしてそれは他の仲間たちにとっても同じようだった。

短い間の付き合いとは言え、俺たちは同じ釜の飯を食べた仲間だ。それが消えたと聞かされたら動揺するのもムリはない。

俺も内心は穏やかでなかった。

だがしかし――。

「とにかく今は、目の前の敵に集中しろ」

ここは戦場だ。

集中力が欠けてしまっては命に関わる。

『さすが分隊長、冷静な判断だ』

バロンが感心したように言った。

『私の配下は他の将たちに比べると数も粒も劣る――が、今の疲弊したアスタロトの戦力であれば削りきれるはずだ』

そして、高らかに宣言する。

『この場にいる魔物たちに告げる。ジークを始末しろ』

バロンがそう指示すると、魔物たちが一斉に進軍してきた。

「望むところだ」

そうして――戦いの火蓋は切って落とされた。

暗く冷たい闇の底に私の意識は沈んでいた。

何も見えず、何も聞こえない。

どちらが上で、どちらが下なのかも分からない。

やがて、ぼんやりと闇の中に映像が浮かび上がってくる。

これはバロンが見ている光景だろうか。

私はアリア様に向かって剣を向けていた。

彼女にだけじゃない。

ジークやアスタロトの者たちを斬り伏せようとしていた。

どうしてそのようなことを？

——決まっている。奴らは敵だからだ。

バロンに支配されている私の頭には、バロンの思想が流れ込んでくる。王都アスタロトの人間は皆、敵だと認識していた。

そうか。奴らは悪い連中なのだな。

だったら、斬り伏せるのは当然のことだ。

——本当に？　奴らを斬り伏せることは正しいことなのか？

衛兵団の連中はがさつだが、決して悪い連中ではなかった。

彼らは街の人々を守るために懸命に戦っていた。

共に背中を預け合って戦ったり、打ち上げで盛り上がったり。彼らと過ごしているうちに私はいつしか情を抱いていた。

だが、頭の中の声が告げてくる。

奴らは敵なのだと。排除しなければならないのだと。

私の頭の中で二つの声がせめぎ合い、おかしくなってしまいそうだ。

その時だった。

『アルマさん！　バロンなんかに負けないでください！　戻ってきてください！　あなたは私の従者でしょう！』

セイラ——アリア様の声が闇の外から響いてきた。

ああ、そうだ。

私はかつて、近衛隊長としてアリア王女にお仕えしていた。彼女を守るために剣を振るうことが私の生きる理由だった。

その時、私は失った記憶を取り戻していた。

自分が何者で、これまでどういう生き方をしてきたのかも全て思い出した。

バロンがソドム様の身体を乗っ取り、ソーサラー王国を操ろうと目論んでいることを知ったアリア様は国の皆を説得しようとした。

けれど、その目論見は失敗し、バロンはアリア様を処刑しようとした。

私は彼女を匿うと国の外へと逃がした。

それがバレてしまい、私は処刑されそうになったが、身体能力が秀でているからと奴に卵を植え付けられた。

そこからは奴のスペアとして幽閉されていたが、隙を見て逃げ出すと、私はアスタロトへと流れ着いた。

後のことは記憶にもある通りだ。

何もかも思い出した――けれど、意味はない。

私はバロンに乗っ取られてしまったのだ。

もう戻ることは出来ない。

『私はあなたを諦めません！　私はアルマさんに助けられました！　だから、今度は私があなたを助ける番です！』

アリア様は必死に私を救いだそうとしてくれていた。王女なのに、従者の私を見捨てずに手を差し伸べてくれていた。

――アリア様、違いますよ。

私は心の中で呟いた。

――あなたは私に助けられたと仰っていますが、私はそれよりも前、返しきれないほどの大恩を受けているのです。

生まれてからずっと、私はスラムで過ごしていた。家族もおらず、孤児として毎日食うにも困る生活を送っていた。

そこから救い出してくれたのがアリア様だった。

スラムの孤児であった私を親衛隊として傍に置いてくださった。その判断にアリア様の周りの人間は猛反対したらしい。

けれど、彼女はその反対を押し切って私を雇用した。

曰く――私にはずば抜けた力がある。身分に関係なく、適正を持つ者は適切な職につくべきなのだと。

アリア様は驕ったところが全くない人だった。

彼女はいつだって人々の幸せのために尽力していた。

彼女の周りにいる人たちは皆、笑顔だった。

私はそんなアリア様にお仕え出来ることが誇らしかった。彼女を守ることの出来る強さが欲しいと心から思った。

あの日からずっと、私という存在は彼女を守るためにあった。

けれど今――。

私を乗っ取ったバロンはアリア様を斬り伏せようとしていた。

ジークは他の敵の対処に追われ、手が回っていない。

このままではアリア様が切り伏せられてしまう。

私はアリア様をお守りするために生きてきた。だから、誰であろうと彼女を傷つけようとする者は許さない。

そうだ。

私が信じるのはただ一人、私を救ってくれたアリア様だけだ。

誰が敵だろうが、味方だろうが関係ない。

彼女を守ることだけが私にとっての正しさだった。

――そして今、アリア様をお守り出来るのは私しかいなかった。


俺は信じられない光景を目の当たりにしていた。

セイラに斬りかかろうとしたバロン――アルマが振りかぶった剣は、いつまで経っても下ろされることがなかった。

バロンの意思に反するかのように、剣を構えた両腕が抗っている。

『くっ……⁉　な、なぜ……動かない……！』

苦悶の表情を浮かべながら、剣を振り下ろそうとするバロン。

しかし、奴の両腕はその命令に刃向かうかのように動かなかった。

その隙に俺は辺りの魔物を斬り伏せると、セイラの前に立った。そして狼狽するバロンの内側に対して問いかける。

「お前は――アルマなのか？」

バロンに逆らうかのように両腕が止まった。

彼女の意思がそうしたとしか思えなかった。

「アルマさん！」

セイラがバロンの内側にいる彼女に呼びかける。

「聞こえていますか⁉　聞こえていたら戻ってきてください！　私はまだあなたに何も恩を返せていません！」

「身体が言うことを聞かない……！」

再び剣を構えようとするバロンだが、身体を制御することが出来ない。動かず、まるで隙だらけの状態になっていた。

「アルマの精神は完全に乗っ取ったはずだ……！」

「あいつは抗ってるんだ。飲まれてなんていない」

俺は言った。

「アルマの精神が残っているのなら――手はある」

「どうするつもりですか？」

「バロンの本体は虫で、そいつがアルマを支配しているんだろう。だったら俺がバロンをアルマの中から引きずり出して、こちらに寄生させる。そうすればアルマを元に戻せるかもしれない」

「おいおい、むちゃくちゃだぜ」

「……だがジーク。もし失敗してしまえば」

「ああ。今度は俺が乗っ取られるだろうな」

今のアルマのような状態になる。

そうすれば俺は息絶えたのと同じだ。

むしろ身体を利用される分、ただ力尽きるのよりたちが悪い。

「だが、俺はバロンに支配されるほどやわじゃない。それに――奴にはまだナハトの件の礼も出来ていないしな」

俺はバロンに対して交渉を持ちかける。

「――バロン、どうする？　すでに戦況は決している。お前たちに勝ち目はない。これは悪くない提案だと思うがな」

『ほう、私を誘い込もうというわけか』

俺の案を聞いたバロンは高笑いを上げた。

『確かに私が君を乗っ取ることが出来れば、形勢は逆転する。君のその強さがあれば光のオーブの奪取も容易だろう』

「随分と高く見積もられたな」

『適切な評価だよ。君一人の活躍で戦況はほとんど決してしまった。引き連れてきた魔物たちも長くは持たないだろう』

　バロンは言った。

『だが――君を乗っ取ることが出来れば、戦況を一気にひっくり返せる。私が君のことを支配することが出来れば、この戦いは私たちの勝ち。君が私の支配を防ぐことが出来ればこの戦いは君たちの勝ちだ」

「そういうことだ。最後の攻防といこうじゃないか」

『卵を産み付けるなどとまどろっこしいことはしない。直接君の中に入り込み、精神を支配してあげようじゃないか』

　アルマの身体からイモムシのような虫が飛び出してきた。そいつは防ぐ間もなく俺の口から体内へと入り込んできた。

　バロンはジークの体内に入り込む。そしてそこから脳の無意識領域――精神世界へと入り込んだ。

　バロンは思う。

　奴の戦闘力は圧倒的だ。たった一人で戦場を支配してしまった。引き連れてきた魔物の群れではまるで歯が立たなかった。

全ての攻撃を自分一人に引きつけ、その上防ぎきってしまわれては、とてもじゃないが突破することなど出来やしない。

――もし仮にソーサラー王国の軍勢全てを差し向けていても、ジークを撃破することは出来なかったのではないか。

そう思わせてしまうだけの力の差があった。

肉弾戦ではまるで敵わない。このままいけば確実に自軍は全滅してしまう。

だが、バロンは九死に一生のチャンスを得た。

ジークの身体を乗っ取ることが出来れば、状況を変えることが出来る。奴の仲間を救いたいという甘さが徒となった。

あれだけの強さを有しているのだ。

ジークの身体を乗っ取ることが出来れば、王都アスタロトの陥落は容易い。光のオーブの奪取も成し遂げられるだろう。

魔王様が再臨し、世界が闇に包まれる日は近い。

ジークの精神世界に侵入できた時点で勝負はついている。

どんなに腕が立つ者であっても、精神は脆弱だ。ろくな抵抗も出来ず、あっさり支配することが出来る。ソドム王もそうだった。

バロンはジークの精神を乗っ取ろうと試みる。

だが――。

支配できない……！

ジークの身体を内側から支配しようとしても、制御することが出来ない。ジークの精神はあまりにも強固で、隙がなかった。

――むしろ飲まれてしまう……！

ふと気配を感じ、振り返るとそこにはジークの姿があった。

本体ではない。恐らくは奴の精神を司る精神体だろう。

好都合だ。

精神体を倒すことが出来れば、制御権を奪えるかもしれない。

バロンはそう目論んでいたのだが――。

『な、なんだこの威圧感は……！』

ジークの精神体は圧倒的な強さを宿していた。

美しさすら感じてしまうほどに。

バロンは思わずはっと見とれてしまう。

心を奪われた瞬間、勝負はすでに決まっていた。

ジークの振り下ろした剣に、バロンの身体は貫かれた。抱いた畏怖の念ごと、意識の糸が断ち切られてしまった。

断末魔を上げることすらなく、バロンは跡形もなく消え去った。

「――ジークさん！　大丈夫ですか⁉」

「まさか、飲まれちまったんじゃねえだろうな」

　外から仲間たちの声がした。

　目を開ける。

　セイラにスピノザ、ファムが俺のことを心配そうに見つめていた。その光景を前にここが現実世界だと認識する。

「ああ、良かった。無事だったのですね」

　セイラがホッとする。

「ということは、バロンに打ち勝てたのですね？」

「もちろんだ」

　俺が応えると、スピノザが怪訝そうに言う。

「実はバロンがジークのフリをしてるだけだったりしてな」

「俺が肩代わりしてやった店のツケの額を言ってやろうか」

「おし、どうやら本人みたいだな」

「……まず君は反省した方がいいと思うよ。色々と」

「それより戦況の方はどうなったんだ？」

「ごらんの通りです」

セイラに促されて辺りを見回すと、魔物たちの屍が横たわっていた。今、立っている者の中に魔物の姿は見当たらない。

騎士や衛兵の連中が奮闘してくれたようだ。

「バロンも倒せたことだし、あたしらの完勝だな」

「ああ」

「アルマさん！」

セイラはアルマの下へと駆け寄っていった。

地面に横たわる彼女の上半身を支える。

アルマは目を閉じ、穏やかな表情をしていた。

一見すると生きていないようにも見える。

「アルマの体内にいたバロンは俺が引き受けたから、意識も戻っているはずだ。じきに目を覚ますことだろう」

俺は言った。

「ただ、精神を乗っ取られていたからな。脳にかなりの負荷が掛かっているはずだ。時間が掛かるかもしれない」

「アルマさんならきっと、戻ってきてくれます」

セイラは言った。

「私はそう信じています」

そうだな、と彼女の言葉を聞いた俺たちも頷いた。

素直で騙されやすく、褒められたがりの見栄っ張り。

けれど、その仕事ぶりは誠実で、街の住民たちからは信頼されている。衛兵団の中でも随一の身体能力を誇っている。

いっしょに戦ってきた俺たちだから知っている。

アルマはこんなところでくたばるような奴じゃないと。きっと、記憶も全て取り戻した上で目覚めてくれるはずだ。


生まれてから一度も、必要とされてこない人生だった。

生まれてすぐにスラムに捨てられ、親の顔も知らない。

毎日生きるために人を騙し、欺き、奪い取ってきた。後ろ指を差され、唾や罵詈雑言《ばりぞうごん》を浴びせられ続けていた。

ずっとこんなふうに生きて、そして死んでいくのだと思った。

誰にも顧みられることなく、ゴミの山に埋もれるように野垂れ死んでいく。ドブネズミやゴキブリの死骸と共に。

その日も私は他人から奪っていた。露店の食べ物をくすねたのだ。

それが悪いことだとは思わなかった。

だって、仕方がないではないか。

そうしなければ死んでしまう。

他人から奪わなければ、生きていくことが出来ない。

だからヘマをして捕まって、街の人間たちから暴力を振るわれている時も、自分が悪いとは露ほども思わなかった。

けれど、哀しくなった。

疎《うと》まれながら生きていくことに何の意味があるのだろう？　他人から求められていないのに生きていくことは空しい。

いっそこのまま殺して欲しい――。

そう心の片隅で願った時だった。

それまで降り注いでいた暴力の雨が、突如として止んだ。

顔を上げた私は、そこに太陽を見た。

一人の女性が私の前に立ち、街の人間たちから庇ってくれていた。彼女は私の代わりに皆に頭を下げて謝罪していた。

謝られた街の人間たちは、なぜだか恐縮していた。

私に対して向ける眼差しとは、まるで違っていた。

街の人間たちが矛を収めて去った後、女性は私の方に振り返った。その美しい顔立ちには生まれながらの気品のようなものが宿っていた。

自分とは住む世界が違う人間だと思った。

「見ていましたよ。大の大人五人を相手に大立ち回りを繰り広げていましたね。さすがに武器を持つ彼らには敵いませんでしたが」

　殴られるのだろうか？

　それとも罵倒されるのだろうか？

　身構えていた私に、しかし彼女は微笑みを浮かべた。

「とても凄かったです」

　予想外の言葉に、思わずぽかんとしてしまう。

　凄かった？

　今、私は褒めて貰えたのか？

「申し遅れました。私はアリアと言います」

　アリアという名前は聞いたことがあった。

　この国の王女の名だ。

　なぜ王女が私なんかに声を掛けてくれたのだろう。

「よければ、私に仕えてくれませんか？」と彼女は言った。「あなたのその類い希なる力――人を守るために生かして欲しいのです」

　差し出された手を前に、私は戸惑っていた。

　誰かに必要とされたことなんて一度もなかった。

　なのに、彼女は私のことを必要としてくれた。

気づけば私はその手を取っていた。薄汚れた私の手に触れても、太陽のような微笑みを浮かべた彼女は嫌な顔一つしなかった。

「あなたの名前は何というのですか？」

優しい声に導かれるように私は答えた。名前なんてものはないのだと。

両親に名付けられたのかもしれないが、その名を呼ばれることなく捨てられ、今日までたった一人で生き抜いてきたのだから。

「では、アルマというのはどうでしょう？」

彼女はそう提案してくれた。

アルマ――とても良い名前だと思った。

これまでずっと、他人から奪ってばかりの人生だった。

だから、奪われても仕方ないと思っていた。

失いたくないものなど、何一つ持ち合わせてはいなかった。

でも、この名前だけは誰にも奪われないようにしよう。何があろうと、彼女に貰った私の名前だけは守り続けよう。

私は初めて彼女に拾われたあの日――そう心に固く誓った。

声が聞こえた。

それはとても懐かしくて、優しい響き。

陽だまりのようにぽかぽかと暖かい。

私の意識はその声に手繰り寄せられるように、冷たい闇の底から浮上していく。地上にある太陽を見たいとただ願いながら。

目を開けた時、そこにはあの日のアリア様が見えた。ソーサラー王国で私を闇の底から引っ張り出してくれた彼女の姿。

やがて意識がはっきりしてくるにつれ、その姿は——衛兵として働く今のアリア様の姿へと変わっていった。

……随分と逞しくなられた。

けれど、彼女が浮かべるその太陽のような微笑みは、優しさは、私を救ってくれたあの日から少しも変わってはいない。

彼女は私が目を覚ましたのを見ると、目に涙を浮かべた。そして、私に向かって柔らかな手を差し伸べてくれた。

「おかえりなさい——アルマさん」

私は彼女と、その後ろに控えている衛兵団の仲間たちに見守られながら、差し伸べられた手をそっと掴んだ。

発売予定!!!

その門番、最強につき
～追放された防御力9999の戦士、王都の門番として無双する～
［漫画］あまなちた
［原作］友橋かめつ
［キャラクター原案］へいろー
コミカライズ
2巻は10月末

その門番《もんばん》、最強《さいきょう》につき～追放《ついほう》された防御力《ぼうぎょりょく》9999の戦士《せんし》、王都《おうと》の門番《もんばん》として無双《むそう》する～③

2021年10月３日　第１刷発行

著　者　友橋《ともばし》かめつ

発行者　島野浩二

発行所　株式会社双葉社
〒162-8540　東京都新宿区東五軒町３番28号
［電話］03-5261-4818（営業）　03-5261-4851（編集）
http://www.futabasha.co.jp/（双葉社の書籍・コミック・ムックが買えます）

印刷・製本所　三晃印刷株式会社

［電話］03-5261-4822（製作部）
ISBN 978-4-575-24445-8 C0093　